부부의 품격

부부의 품격

초판 1쇄 인쇄 _ 2022년 2월 5일
초판 1쇄 발행 _ 2022년 2월 10일

지은이 _ 박석현

펴낸곳 _ 바이북스
펴낸이 _ 윤옥초
책임 편집 _ 김태윤
책임 디자인 _ 이민영

ISBN _ 979-11-5877-283-3 03810

등록 _ 2005. 7. 12 | 제 313-2005-000148호

서울시 영등포구 선유로49길 23 아이에스비즈타워2차 1005호
편집 02)333-0812 | **마케팅** 02)333-9918 | **팩스** 02)333-9960
이메일 bybooks85@gmail.com
블로그 https://blog.naver.com/bybooks85

책값은 뒤표지에 있습니다.

책으로 아름다운 세상을 만듭니다. ― 바이북스

미래를 함께 꿈꿀 작가님의 참신한 아이디어나 원고를 기다립니다.
이메일로 접수한 원고는 검토 후 연락드리겠습니다.

부부의 품격

박석현 지음

바이북스
ByBooks

'부부夫婦'는 남편과 아내를 아울러 이르는 말이다. 비슷한 말로는 내외內外, 부처夫妻, 안팎, 항배伉配, 이인二人이라고도 한다. 우리나라에서는 매년 5월 21일이 '부부의 날'이다. 부부관계의 소중함을 일깨우고 화목한 가정을 일궈가자는 취지로 제정된 법정기념일이다. 2003년 12월 18일 민간단체인 '부부의 날 위원회'가 제출한 '부부의 날 국가 기념일 제정을 위한 청원'이 국회 본회의에서 결의되면서 2007년에 법정기념일로 제정되었다. 5월 21일은 가정의 달인 '5월에 둘(2)이 하나(1)가 된다.'는 뜻이 들어 있다.

'부부의 날' 뜻에도 들어 있듯이 부부는 서로 다른 둘이 만나 하나가 되는 것이다. 결혼생활은 평생을 다른 환경에서 자란 두 사람이 만나 서로에게 맞춰가며 함께 살아가는 것이다. 결혼하기 전에는 결혼을 하고 나면 무엇이든 해줄 듯하지만 막상 결혼해서 살아보면 연애시절과는 사뭇 다른 것이 결혼생활이다. 결혼을 해서 부부가 함께 살다보면 서로에 대한 오해도 생기고, 서로가 서로에게 꼭 지켜야 할 것들과 하지 말아야 할 것들도 보인다. 우리 부부가 함께한 날들을 돌아보고, 매일의 삶 속에서 느낀 것들을 인문학적 요소와 함께 녹여냈다. 부부의 이야기를 4계절인 봄, 여름, 가을, 겨울로 나누어 풋풋한

젊은 시절에 만나서 함께 세월을 쌓아가며 나이 들어가는 모습을 글에 담았다.

'덕德'이라는 말이 있다. '덕'은 '공정하고 남을 넓게 이해하고 받아들이는 마음이나 행동'을 말한다. 결혼생활은 서로 덕을 보려고 하면 안 된다. 결혼을 하고 함께 살아가며 서로 덕을 주려고 하면 아무 일도 탈도 없다. 덕을 받으려고 하기에 문제가 생긴다. 그저 내가 조금 '손해'본다고 생각하고 살면 된다. 하지만 막상 결혼을 하고 생활을 해나가다 보면 그렇게 하기가 힘든 것이 현실이다. 바로 '본전 생각'이 나기 때문이다. 하지만 결혼생활에서 '손해'라는 생각과 말은 맞지 않다. 결혼은 서로 이해관계를 따지는 것이 아니기 때문이다. 이해관계를 따지려면 '장사'를 해야지 '결혼'을 하고 함께 살아가며 이해관계를 따지는 것은 현명한 생각이 아니지 않을까.

'천생연분天生緣分'은 하늘이 내려주어 인간이 어떻게 할 수 없는 남녀 사이의 연분서로 관계를 맺게 되는 인연을 말한다. 서로 부부의 연을 맺어 살아갈 수 있도록 하늘이 미리 마련하여 정해준 인연으로 어울리는 한 쌍의 부부를 가리키기도 한다. 다른 의미로는 '날 때부터 정해진 인연'이라는 뜻도 있다. 날 때부터 인연이 정해졌다고 생각한다면 타고난 '운명運命'은 거스를 수 없다는 의미로도 해석될 수 있지 않겠나. 참으로 질기고도 질긴 인연이라고 할 수 있겠다.

'천생연분千生緣分'이라는 다른 한자의 의미로는 천 번의 생을 다시 태어나서 만난 귀한 인연이라는 뜻도 있다. 우리가 살고 있는 지금 이 시간이 바로 한 생一生이라고 한다면, 만약 다음 생에 또 다시 인간으로 태어나 살 수 있게 된다면 두 생二生이 된다. 그렇기 때문에 천 생千生이라는 것은 사람으로 태어나 천 번을 살아야 된다는 뜻이고, 그렇게 천 번의 생을 살아가면서 계속하여 인연을 맺게 되는 사이를 일컬어서 '천생연분'이라고 한다. 옷깃만 스쳐도 인연이라는데 이번 생에 부부로 인연을 맺기 위해서는 '천생연분天生緣分'이든 '천생연분千生緣分'이든 간에 얼마나 깊고 깊은 인연의 끈이 이어져 있었을까.

얼마 전 코비디보스코로나 이혼: Covidivorce라는 말을 들어본 적이 있다. 코로나19를 뜻하는 '코비드Covid'와 이혼을 뜻하는 '디보스Divorce'의 합성어인데, 미국과 영국 등에서 등장한 신조어이다. 최근 코로나

19 사태가 장기화되는 가운데 사회적 거리두기와 재택근무 등으로 집에서 함께 시간을 보내는 부부들이 많아지면서 이로 인한 갈등이 깊어지고 있다고 한다. 이로 인해 이혼율이 급증하고 있는 상황을 반영한 말로서 현재 심각한 사회적 문제로 떠오르고 있다. 고립된 공간에서 오랜 시간 함께 머물다 보면 점차 사소한 일로도 감정이 상하는 일들이 이어지게 되고, 이는 불안과 분노 등의 극단적 갈등으로까지 확산될 수 있다는 것이다. 코로나라는 힘든 현실을 맞닥뜨리며 부부가 함께하는 시간이 늘어가는 요즘, 이왕이면 그 시간을 서로에게 의미 있는 긍정적인 시간으로 만들어 나가는 것이 좋지 않을까. 평소에 함께하는 시간이 적었고 소통이 그만큼 안 되었기 때문에 이렇게 늘어난 시간을 어떻게 보내야 할지 몰라서 그 전보다 더 힘든 시간을 보내고 있다고 하니 안타까울 따름이다. 부디 《부부의 품격》과 함께하는 시간 속에서 그런 현상이 완화되고 원만한 결혼생활이 지속되기를 바란다.

일기일회一期一會는 평생에 단 한 번 만남을 말한다. 부모와 자식 간의 만남이 그러할 것이다. 만남과 헤어짐이 흔한 요즘 시대에 인연의 소중함을 떠올리며 부부간의 만남도 그렇게 만들어가는 것이 좋겠다. 한 순간도 같은 만남은 없다. 살아가며 인연을 맺는 것을 소중하게 생각하고 그 일이 내 생애 단 한 번뿐인 일임을 늘 기억하면 좋겠다.

이 책에 나오는 다양한 주제는 주위의 많은 부부들께서 던져주신 화두話頭가 포함되어 있다. 혹시 지금 글을 읽는 독자에게 해당하는 내용이 하나쯤은 있을지도 모르니 그런 주제가 있다면 나에게 적용하여 생각해보는 것도 좋겠다. 우리는 흔히 익숙함에 속아 소중함을 잊고 살아간다. 대부분 "흔한 것은 귀한 줄 모르지만 귀한 것도 자주 마주하다보면 흔한 줄 알고 살아가는 것"이 사람이다. 세상에서 가장 가깝고도 소중한 '연분緣分'인 나의 남편 나의 부인에게 오늘 하루 특별함을 선물해보자. 사랑한다고 말하고 상대를 대신해 무엇인가를 해보고 상대의 마음을 헤아려보자. 그것은 결국 스스로에게 돌아오는 선물이 될 것이다.

나는 완벽한 사람이 아니다. 아직도 배울 것투성이고, 지금까지 사랑하는 아내에게 무척이나 많은 잘못과 실수를 하며 살아왔다. 이 책을 쓰며 나 또한 내 삶을 돌이켜보며 반성하게 되었고, 부부관계도 다시 한 번 재정립하는 계기가 되었다. 나에게 많은 공부가 되었듯

수만 가지 색깔을 가진 이 세상의 다양한 부부들에게도 이 책이 부디 부부생활의 좋은 지침서가 되기를 바라는 바이다. 《부부의 품격》을 통해 우리 부부는 지금까지 어떻게 살아왔고 앞으로 남은 세월은 어떻게 살아가야 할지 한 번 생각해보고 또 정리해보는 시간을 가져보기를 바란다. 나 또한 오늘보다 내일 조금 더 나은 남편이 되도록 노력하며 살아나갈 것이다.

실천하며 보여주는 삶을 통해 과연 어떤 부부로 살아가야 할지, 또 어떤 것들은 하지 말아야 할지를 알려주신 사랑하고 존경하는 아버지와 어머니께 감사드린다. 또한 《부부의 품격》을 쓸 수 있도록 많은 영감을 주신 세상의 아름다운 부부들에게 이 책을 바친다. 그리고 마지막으로 하늘이 맺어주었건 천 번의 생을 맺은 인연이건 부족한 내 곁에서 늘 희로애락을 함께하며 나의 '천생연분'이 되어준 너무 고맙고 현명한 나의 부인에게 이 책을 고이 바친다.

여러분의 하루하루가 늘 행복하고 특별한 품격 있는 '부부의 날'이 되기를 진심으로 바란다.

2021년 가을 어느 날 동네 사랑방에서

차례

part 1

남과 여는 그렇게 만난다.
서로를 알아가며 사랑의 결실을 맺고 하나가 된다.

part 2

여름

흔들리지 않고 피는 꽃이 있으랴.
결혼생활은 다사다난(多事多難)함의 연속이다.

part 3

가을

서로를 이해하고 한 곳을
바라보는 부부는 그렇게 닮아간다.

part 4

겨울

지나온 시간을 돌이켜보고 남은 시간을 재정비(再整備)하며
인생의 동반자와 함께 만들어가는 시간

part **1**

남과 여는 그렇게 만난다.
서로를 알아가며
사랑의 결실을 맺고
하나가 된다.

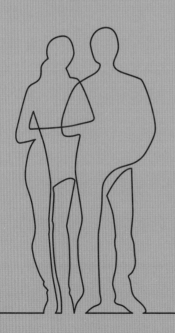

1

예비부부에게
들려주는 이야기

결혼 전후 흔들리지 않도록 서로를 위한 규칙 정하기

매일 만나는 사랑하는 연인과의 짧은 만남이 아쉬워 함께 살 생각을 한다. 그리고 결혼 후의 생활을 떠올려본다. 매일 아침 사랑하는 이와 함께 눈을 뜨고 서로의 관심과 사랑을 가까이에서 느끼며 서로의 삶에 더욱 가까이 다가간다. 모든 것이 완벽하고 모든 것이 행복하다. 누구나 꿈꾸는 결혼생활이다. 하지만 결혼은 현실이다. 생각보다 이상적이지도 않고, 생각처럼 늘 행복하지만도 않다. 하지만 결혼을 하지 않아서 좋은 점보다는 결혼을 해서 좋은 점이 더 많기에 많은 사람들이 결혼을 생각하고, 또 지금도 실행에 옮기고 있는 것이 아닐까? 그 누가 행복한 결혼생활을 꿈꾸지 않겠나? 내가 조금만 생각을 바꾸면 늘 행복하고 이상적인 결혼생활을 하는 것이 꼭 불가능하지만도 않을 것이다. 우리 부부에게 맞추어 몇 가지 규칙을 정해보는 것이 좋겠다.

애정표현은 되도록 자주하는 것이 좋다. 몸이 멀어지면 마음도 멀어진다는 말이 있다. 결혼 후 몸이 멀리 있지 않은 지금이 가장 좋은 기회다. 사람의 생각과 감정은 경험을 통해서 생성되고 시간이 흐르면서 확립이 된다. 가까이 있을 때 애정표현을 자주하는 것이 서로의 마음을 더 가까이 당겨올 수 있는 좋은 방법이다. 시간이 날 때마다 애정표현을 하며 서로의 사랑을 확인하는 것이 좋다.

가급적 상대의 장점을 보도록 하는 것이 좋다. 결혼 후 살다보면 서로의 단점이 더 눈에 띄게 마련이다. 완벽한 사람이 세상에 어디 있겠나. 내 단점은 미처 보지 못하고 상대의 단점을 먼저 보는 것이 사람이다. 가급적 상대의 장점을 보도록 노력하자. 누구든 단점이 49%이고, 장점이 51%라면 단점보다 조금은 더 많은 상대의 장점으로 단점을 커버할 수 있도록 해보자. 그리고 항상 나 자신을 먼저 돌아보자. 나는 과연 얼마나 완벽한 사람인지 한 번 돌이켜보자.

사소한 것이라도 상대의 칭찬을 자주하는 것이 좋다. 칭찬은 고래도 춤추게 한다. 하물며 사람인데 오죽하겠나. 칭찬과 사과에 인색한 사람들이 있다. 자기애가 너무 강해서 본인에게만 칭찬을 하고, 상대의 단점을 들추며 칭찬이 매우 인색한 사람을 간혹 볼 수 있다. 사소한 것이라도 칭찬을 하는 습관을 가지자. 하루 한 가지씩만 칭찬을 해도 온 가족이 행복해질 것이다. 물론 나 스스로에게 하는 칭찬도 잊지 말자. 내 육체와 정신이 건강해야 가족이 행복하다.

기다리지 않는 것이 좋다. 집에서 키우는 강아지가 외출을 나가도 기다리기 마련이다. 하물며 사람이 집밖으로 나갔는데 어찌 기다림의 시간을 가지지 않을 수 있겠냐마는 그래도 기다리지 않는 것이 좋다. 이는 술을 즐기는 남편들에게 특히 해당되는 사항일지도 모른다. 귀가시간을 정해놓고 그 시간까지 들어오지 않는다고 난리법석을 피울 필요가 없다. 밖에 나가 있는 사람에게 전화를 계속해서 일찍 들어온다면 더없이 좋겠지만 쉽지 않은 것이 현실이다. 전화를 계속해서 일찍 들어온다면 십 분마다 한 번씩 전화를 해도 좋다. 하지만 상대의 피곤함과 질림은 덤으로 따라올 것이다. 전화를 하지 않는다고 밤을 새고 늦게 들어오지도 않는다. 자리가 끝나면 알아서 들어오도록 내버려두자. 지나친 간섭과 구속은 상대를 지치게 만든다. 대신 가급적 이렇게 해줬으면 좋겠다는 약속은 평소에 해두는 것이 좋겠다. 이러한 생활의 이면에는 '신뢰'라는 전제가 깔려 있어야 함이 필수요건이다. 평소에 신뢰를 쌓지도 못했으면서 집에서 기다리는 사람은 생각지도 않고 늦게 귀가하는 것은 당연히 본인의 잘못이다. 나는 이 신뢰를 쌓기까지 십년이라는 시간이 걸렸다. 술 좋아하고 친구들 좋아해서 늦게 귀가하고 싶다면 평소에 부인에게 그만한 신뢰를 마일리지 쌓듯 차곡차곡 쌓아두어야 함은 인지상정이다. 부인은 그렇게 쌓인 신뢰를 바탕으로 조금 걱정되더라도 너무 노심초사勞心焦思 하지 말고 일찍 쉬는 것이 좋겠다. 다음날 아침 따뜻한 국이라도 한 그릇 내놓으며 해장도 할 수 있도록 해보자. 지도 인간이라면 깨닫는 것이 있을 것이다. 다시 한 번 말하지만 놀기 좋아하는 사람은 아무리 시간 약속을 정해 놓아도 지키기가 힘들다. 늦은 시간까지 애를 태우며 잠도 안 자고 기다리다가는 내가 먼저 지쳐서 쓰러질지도 모르니 기다리지 않는 것이 좋다.

가르치지 않는 것이 좋다. 내가 평소에 친하게 지내는 지인에게 부인은 당신에게 어떤 존재인지 물어보았다. 돌아온 대답은 '수학선생님'이었다. 무조건 가르치려고 한다면서 "이번 생은 틀렸다"고 농담처럼 말했다. 사실 진담일지도 모르지만…… 부부는 상대의 부족함을 채워줄 수 있는 상대이지만 그 방법으로 선생님이 아이에게 가르치듯이 일방적으로 가르치려고 하는 것은 보기에 좋지 않다. 상대의 자존심을 생각한다면 그것이 올바른 방법은 아닐 것이다. 가르치는 대신 권유를 해보면 어떨까? 방법의 차이다. 요즘 "자존심自尊心: 남에게 굽히지 아니하고 자신의 품위를 스스로 지키는 마음은 강한데 자존감自尊感: 스스로 품위를 지키고 자기를 존중하는 마음이 떨어진다"는 말을 많이 사용한다. 배우자를 아이들 가르치듯 가르치려는 사람은 자존감이 강한 사람에게서 나타나는 현상이다. 직업과 연관된 것일지도 모르겠다. 내가 존중받으려면 상대를 먼저 존중하는 법을 깨우쳐야 할 것이다. 배우자를 아이 다루듯 하지 말자. 우리는 요즘 너무 많은 정보를 접하고, 너무 많이 배우면서 반면에 생각은 너무 적게 하고 사는 것이 아닌지 한 번쯤 생각해 볼 필요가 있다. 조금만 더 생각해본다면 머릿속의 많은 지식과 정보를 지혜롭게 전달할 수 있는 좋은 방법이 떠오를지도 모른다. 상대를 가르치려고 하기 전에 본인 스스로를 먼저 가르치도록 하자.

많은 결혼 선배들이 예비부부들에게 알려주고 싶은 것이 참으로 많을 것이다. 차라리 결혼하지 말고 혼자 사는 것이 좋다. 지는 것이 이기는 것이다. 아이들을 보며 참고 살아라. 결혼 전 주도권을 잡아라. 상대의 바람에는 맞바람으로 대응하라. 절대로 기氣싸움에서 밀리지 마라. 등등…… 그중에 옳은 것도 있을 테고, 그렇지 않은 것도 있을 것이지만 단 한 가지만 명심하자. 결혼은 '배려配慮'다. 항상 상대방을 배려해야 함을 결코 잊지 말자. '배려'는 연애를 할 때와 결혼 준비를 할 때도 자연스레 이루어져야 하지만 결혼을 한 후에는 필수적으로 동반되어야 한다. 예컨대 결혼 준비를 하면서 혼수를 준비하거나 명절에 누구 집에 먼저 갈 것인지 등의 문제에 대해서 이야기하다가 파혼을 하는 경우도 있으니 '배려'가 동반 된 결혼준비와 결혼생활을 해야 한다는 것을 꼭 기억하면 좋겠다.

또 하나. 결혼은 '미친 짓'이다. 해석하기에 따라 '정신이 나갔다' 고 생각할 수도 있고, 또 다른 의미로 '어느 정도의 수준에 이르렀다' 고 볼 수도 있겠다. 불타는 사랑 때문에 정신이 나가서 하는 결혼이 건 드디어 내가 결혼을 할 수준에 미치게 되어 하는 결혼이건 일단 결혼을 선택했다면 최소한 상대를 미치게Crazy 하지는 말자. 다음에 결혼하는 내 결혼 후배들에게 이 정도면 훌륭한 결혼생활이라고 말 할 수 있을 정도로 미친Reach 결혼생활을 만들어 나가는 것이 좋겠다. 세월이 흘러가며 내 결혼 생활도 조금씩 더 원숙圓熟하게 미쳐가고 있는 것 같다.

예비부부들의 앞날에 행복하고 멋진 결혼생활이 함께하기를 진심 으로 바란다.

2

신혼부부에게
들려주는 이야기

바람직한 신혼생활 이후 결혼 중후반이 행복할 수 있는 노하우

그토록 꿈꾸던 결혼식을 올리고 신혼여행을 다녀와서 막상 신혼 생활을 시작해보니 어떤 느낌인지 궁금하다. 결혼 전에 생각했던 것처럼 행복할 수도 아니면 그 반대일 수도 있을 것이다. 뭐가 되었건 나 혼자 겪는 일이 아니다. 사람 사는 것이 다 거기서 거기다. 딱히 불행할 일도 딱히 행복할 일도 없다. 그저 하루하루 나만의 행복을 만들어가는 것이 중요하다.

내가 2020년 첫 책을 쓸 때 나보다 먼저 책을 낸 작가 한 분이 "책을 내더라도 인생이 크게 달라지는 건 없다"고 말했다. 그도 그럴 것이 2020년 대한출판문화협회를 통해 납본된 도서를 중심으로 신간

도서의 발행 종수를 분석한 결과 만화를 포함해 65,792종이며, 발행 부수는 8,165만 81,652,188부나 된다고 하니 그 중에서 내 책이 빛을 발하기는 하늘에 별 따기만큼이나 힘들 것이다. 많은 작가들이 책을 내면 인생이 달라질 것이라는 희망과 기대를 가지고 글을 쓰지만 막상 부딪히는 현실은 냉정하기 그지없다.

결혼생활도 책을 쓰는 것과 마찬가지다. 결혼을 하면 인생이 크게 달라질 것이라는 희망과 기대를 가지고 결혼을 하지만 결혼 후 한 달, 두 달, 일 년이 지나면 평범한 일상이 된다. 모든 것이 익숙해지기 때문이다. 익숙함은 특별함이 되기 힘들다고 생각할 수 있지만 '익숙함'과 '특별함'은 별개의 문제다. 나날이 반복되는 익숙함 속에서 특별함을 찾는 것처럼 보람되고 행복한 일도 없을 것이다. 책을 쓰는 것은 고혈膏血을 짜내는 것만큼이나 힘들다고 한다. 우리의 결혼생활도 수많은 인고忍苦의 세월을 견뎌내야만 나오는 한 권의 책처럼 한 줄씩 인내심을 가지고 써 내려가 보자. 머지않아 분명 명작이 탄생할 것이다. 잘 쓴 한 권의 책보다 더 훌륭한 것은 익숙한 일상을 매일 특별한 일상으로 써내려가는 가는 나의 인생일 테니 말이다.

연애를 십 년 동안 해도 알 수 없는 것들이 있다. 바로 상대의 생활 습관이다. 결혼을 하고 함께 살다 보면 사소한 생활 습관 때문에 문제가 생기는 경우가 태반이다. 복싱을 할 때 잽을 계속 날리면 데미지Damage가 점점 쌓이는 것처럼 결혼생활에서도 사소한 생활습관의 마찰로 인해 스트레스가 누적되는 법이다. 예를 들자면 남편이 화장실을 사용하다가 소변이 변기 밖에 튀는 것도 보이고, 부인이 거실에 머리카락을 흘리고 다니는 것도 보인다. 샤워를 한 후 하수구에 머리카락이 잔뜩 뭉쳐져 쌓여있는 것도 발견하고, 양말을 거꾸로 벗어서 세탁기에 집어넣는 것도 보인다. 연애를 오 년, 십 년 해도 안 보이던 것들이 결혼을 하고 한집에서 살다 보면 사흘만 살아도 보이는 법이다. 이런 경우에 상대를 몰아세우며 다그치는 것은 현명한 방법이 아니다. 유머를 섞어서 하는 대화법만큼 즐겁고 현명한 대화도 드물다. 유머를 곁들여서 대화를 나눠보자. "소변이 밖으로 튀니까 좀 앉아서 싸라고!~" 같은 말보다는 "아이고 우리 남편 아주 건강하네요. 변기 깨질지도 모르니 조금만 안쪽으로 조준해주시면 너무 고맙겠어요."라고 말해본다면 부부의 화목和睦은 덤으로 따라올 것이다. 뒤집어서 세탁기에 놓은 빨래는 한 번쯤 세탁 후 뒤집힌 상태 그대로 개어서 옷장에 넣어두는 것은 어떨까? 본인이 직접 뒤집어서 입어보고 그 사소한 불편함을 한 번 느껴보는 것도 상대의 평소 고마움을 느낄 수 있는 좋은 방법일 테니 말이다.

상대가 조금 못마땅하더라도 따지듯 말하지 말고 유머가 섞인 대화를 시도하는 것이 좋다. 사람마다 얼굴이 다르듯 새롭게 결혼생활을 시작하는 우리 부부도 사소한 것부터 시작해서 모든 것이 다르다. 내 기준에서 봤을 때는 이것이 맞는 것 같지만 상대의 입장에서는 딱히 잘못된 것이라 느끼지 않을 수도 있다. 결혼이라는 것은 서로 딱

맞는 사람들끼리 만나서 하는 것이 아니라 서로 다른 사람이 만나서 맞춰가며 살아가는 것이니 말이다.

신혼생활을 잘 만들어가야 결혼 중반과 후반이 편하다. 나와 맞지 않는 것은 조금 맞추도록 노력하고, 나와 조금 다른 것은 이해하고 넘어가자. 모든 것이 다 내 마음에 들기는 힘드니 배려와 사랑을 통해 감싸며 이해의 폭을 조금 넓히는 것이 내가 좀 더 편하게 살 수 있는 방법이다. 힘들 때 우는 건 삼류고, 힘들 때 참는 건 이류고, 힘들 때 먹는 건 육류라는 말처럼 오늘 하루가 조금 힘들고 피곤했다면 함께 고기를 먹으며 오늘 하루를 달래보는 건 어떨까? 사랑하는 배우자와 함께 먹는 고기 맛이 일류일 것은 두말할 필요도 없을 것이니 말이다.

나와는 조금 다른 배우자를 오늘도 조금 더 이해하고 배려하며 당신의 신혼생활을 한 자 한 자 써내려가기 바란다. 아울러 신혼의 재미를 충분히 만끽하며 당신의 매일이 뜨거운 사랑으로 충만하기를 진심으로 바란다.

3

부부존칭

당연히 하되 고마움을 바라지 말고, 고마워하되 당연하다고 생각하지 말기

우리 부부는 결혼을 하고부터 바로 존칭을 썼다. 내가 먼저 부부존칭을 사용하자고 했다. 누가 시킨 것도 아니었지만 그저 그렇게 해야 할 것 같았다. 아내에게 물어보니 우리는 결혼하기 전부터 존칭을 썼다고 하는데, 사실 그건 잘 기억나지 않는다. 아내가 나보다 두살 연상이라서 그랬을 수도 있을 테고, 아버지와 어머니가 평소 존칭을 쓰는 영향을 받았는지도 모르겠다. 혹시라도 함께 살다가 다툴 일이 있더라도 평소 존칭을 쓰면 서로 화가 났을 때 막말이 나오지 않을 것 같다는 이유도 한 몫 했다. 그리고 존칭을 쓰면 서로를 존중하는 말을 따라서 평소 행동이나 말 습관 자체를 조심할 수 있을 것 같다는 이유에서였다. 물론 아이들에게 본보기도 될 테고 말이다.

결혼을 하고나서…… 아니 결혼을 하기 전부터 아내는 내 여자라고 생각했다. 어찌 보면 참으로 편협偏狭한 사고방식이 아닐 수 없었다. 사실은 내 아내는 나의 부인이기 이전에 한 부모의 사랑스럽고 귀한 자식이고, 누군가의 동생이나 누군가의 누나이자 언니이고 소중한 친구이기도 한 사람인데, 이 사람을 내 소유라고 생각하고 마치 나만의 여자인 것처럼 함부로 대한 적이 더러 있었다. 따지고 보자면 함부로라기보다는 예사롭게 대한 경우가 대부분이었다. 그 예사로운 경우 중 함부로 대하는 경우도 있었는데, 시간이 지나면서 나의 태도와 생각에 많은 잘못이 있었다는 것을 깨닫게 되었다. 나의 사랑스러운 딸이 결혼을 하고 그런 대접을 받으면 당장이라도 찾아가 사위에게 원투 어퍼컷을 날리며 혼쭐을 내어주었을 것인데, 어찌 이 귀하디귀한 소중한 여인을 나는 그리도 예사롭게 대했던 것일까? 시간이 지날수록 후회가 밀려왔고, 그 이후로는 익숙함에 속아 소중함을 잊으면 안 되겠다는 생각으로 부인을 대하게 되었다.

가정생활은 부부가 함께 영위해 나가는 것이다. 부인은 설거지와 빨래를 하기 위해 결혼을 한 것이 아니다. 모든 가사활동은 부부가 함께 해나가야 하는 것이다. 설거지도 반반, 빨래도 반반, 청소도 반반으로 하는 것이 공평하다. 간혹 남편들이 "나는 사회생활을 하며 돈벌이를 하는데 집안일까지 하라고?"라며 반기를 들 수도 있다. 그럴 때는 부인이 밥을 차려주고 설거지를 해주면 그때마다 최소한 '고맙다'고 인사정도는 하는 것이 이치에 맞지 않을까. 이 소중한 나의 부인이 집안일이나 하려고 나와 결혼하지는 않았을 것이니 말이다.

입장을 바꾸어서 생각을 한 번 해보면 모든 것이 명확해진다. 만일 부인이 사회생활을 하며 돈벌이를 하고 남편이 집안 살림을 도맡아 한다고 생각해보자. 해본 사람은 알겠지만 집안일은 해도 해도 끝이 나지 않는다. 물론 티도 잘 안 난다. 깨끗한 그릇은 언제나 그렇듯 당연한 듯이 늘 그 자리에 그대로 있는 것만 같고, 깨끗한 옷과 속옷도 언제나 늘 그 자리에 있을 것만 같다. 하지만 부인의 부재不在가 일주일이 아닌 이삼일만 지속되어 봐라. 당연히 그곳에 있어야 할 깨끗한 식기와 속옷은 온데간데없이 여지없이 싱크대와 세탁기에서 나뒹굴고 있을 것이다. "없어봐야 귀한 줄 안다", "있을 때 잘 하라"는 말은 이럴 때 사용하는가 보다.

부부간에 도와준다는 말은 맞지 않다. 그냥 내 일인 것이다. 가끔 보면 남편들이 밖에 나와서 자랑하듯이 "나 어제도 설거지 도와줬어"라고 하는데, 이건 뭔가 큰 착각을 하고 있는 것이다. 도와주는 것이 아니라 그냥 하는 것이다. 내 일인 것이다. 아이를 돌보는 것도 당연히 부부가 함께해야 하는 것인데 가끔씩 아이를 돌보며 "내가 애 보는 것 도와줬어"라는 말은 맞지 않다. 그 아이는 남의 아이인가? 부인 역시 마찬가지다. "내가 어제 세차 도와줬잖아." 그 차를 부인은 안 타는가? 필요할 때는 '내 일' 불리할 때는 '우리 일'이라고 하면 사소한 것으로 자칫 서로의 감정을 상하게 할 수 있다. 결혼이라는 울타리 안에서의 생활을 시작하고 나서부터는 모든 것이 '내 일'이 아닌 '우

28

리 일'인 것이다. 쩨쩨하게 네 일, 내 일 따지지 말고 눈에 보이면 그냥 해버리자. 돈을 벌어오는 남편이 집에서 요리나 설거지도 하고 있다면 부인 입장에서는 얼마나 예뻐 보이겠나. 부인 역시 그것을 아무렇지도 않게 받아들여서는 안 된다. 당연히 고마워해야 한다. 내가 할 일을 업무분담을 해주는 것이니 서로가 "당연히 하되 고마움을 바라지 말고, 고마워하되 당연하다고 생각하지 말아야 한다." 그러는 순간 모든 것의 불화不和가 시작된다.

부부지간에는 서로 덕을 보려고 해서는 안 된다. 덕을 보려고 하는 순간 그 관계는 금이 가게 마련이다. 덕을 보려고 하지 말고 서로에게 덕을 주도록 노력하자. 무척이나 다른 환경에서 살아온 두 사람이 만나 가정을 이룬 것만으로도 기적이다. 내 생활에 상대를 맞추려고 하지 말고, 상대의 생활습관을 인정하고 존중하고 이해하도록 하자. 상대를 나에게 맞게 고치려고 하면 서로가 피곤해진다. 그냥 상대를 인정하고 있는 그대로 바라보자. (물론 너무 지나친 것들은 조심스럽게 이야기를 해주는 것도 나쁘지 않다.) 내가 하나라도 더 해주려고 해야 문제가 생기지 않는다. 덕을 보려는 순간 모든 것은 망가지고 만다. 서로가 덕 보려고 하지 말고 덕 주며 살아간다면 매일매일이 순조롭고 행복한 나날이 될 것이다.

또한 말 습관을 이렇게 한번 사용해보자. '사랑하고 존경하는 여보' 또는 '사랑하는 여보'라는 말로 말이다. 내 배우자는 세상에 이 많은 사람 중에 나와 함께 살아주는 것만으로도 존경받아 마땅하다. 또한 나의 사랑스런 자식을 열 달이나 잉태하여 세상에 낳아준 부인은 신과 같은 존재가 아니겠는가. 그 자체만으로도 존경스럽고 사랑스러운 존재가 아닌가 말이다. 지금 당장은 사랑스럽지 않고 원수 같더라도 '사랑하고 존경하는 여보'라는 호칭으로 습관처럼 서로를 부르다 보면 어느 순간엔가 나와 가장 가까운 남편과 부인은 나에게 한없이 '사랑스럽고 존경스런 사람'이 되어 내 곁에 있을 것이다. 원수를 사랑하라는 말도 있듯이 말이다.

돌아가신 나의 할머니께서는 살아생전 "젊어서 잘해야 늙어서 고생 안 한다."고 늘 입버릇처럼 이야기하셨다. 세상 모든 남편들에게 싸대기를 맞을지도 모를 글을 쓰는 이유는 단 하나이다. 바로 여러분의 노후가 외롭지 않게끔 좋은 '꿀 팁'을 주는 것이니 "그래 너 잘났다." "너는 그렇게 잘하냐?" "이게 다 무슨 소리야?" "됐다 그래."라는 말로 치부하지 말고 오늘부터 쉬운 것부터 조금씩 시도해보면 어떨까. 어느 날 밥상이 달라지는 순간을 발견할 것이다.

그때는 잊지 말고 한마디 덧붙여 주도록 하자.

"사랑하고 존경하는 여보. 맛있는 밥상을 차려줘서 정말 고맙고 잘 먹었어요. 설거지는 내가 할게요."

따뜻한 커피 한 잔까지 대접한다면 그야말로 금상첨화다.

잊지 말자. 부인들은 남들 한다고 아무 생각 없이 바보처럼 따라서 '남편은 정말 남의 편'이라는 말도 쓰지 말고, 남편 또한 부인을 중전이라 생각하고 잘 대하자. 어느 순간 남편은 세상에 하나밖에 없는 나의 편이자 좋은 벗이 되어 있을 것이고, 내가 중전이라 부르는 부인은 어느 순간 정말 중전이 되어 나를 왕 대접 해줄지도 모르니 말이다.

인연인 사람들은 태어나서부터 눈에 보이지 않는 가느다란 붉은 끈으로 연결이 되어 있다고 한다. 눈에 보이지 않는 붉은 인연의 끈을 따라 맺어진 우리 부부의 소중한 인연. 매 순간 소중하게 생각하고 서로를 귀하게 대하자. 존칭을 습관화하고 매순간 사랑하자. 사랑만 하고 살기에도 모자란 인생 아닌가?

오늘 큰맘 먹고 한번 이야기해보자.

"여보. 사랑해요."

순간 상대가 크게 당황하며 '이 사람이 미쳤나?', '바람이 났나?' 하는 의심의 눈초리를 보낼지도 모른다. 이럴 땐 개의치 말고 딱 일주일만 해보자. 그래도 안 된다고? 그럼 일주일만 더 해보자. 연애시절 어떻게든 내 사람으로 만들려고 사흘밤낮 동안 전화통을 붙잡고 있었던 정성의 십분의 일만 쏟아보자. 열 번 찍어 안 넘어가는 나무 없다는 말도 있지 않나. 지금은 연애시절보다 훨씬 쉽게 넘어올 수 있는 조건이니 조금만 더 노력해보자.

영국의 극작가 셰익스피어는 이런 말을 했다.

"마음이 즐거우면 기쁨으로 하루 종일 걸을 수 있는데, 마음이 슬프면 얼마 가지 못해서 피곤해진다."

부디 세상에 하나밖에 없는 나의 배우자에게 즐거움이 가득한 마음으로 오늘 한번 시도해보면 어떨까? 배우자는 기쁨으로 받아들이고 그것이 또 나에게 다시 기쁨으로 다가올지 모른다. 세상에 자기가 수고하지 않고 얻는 기쁨이란 없다.

저녁이 있는 삶

저녁이 있는 삶에 대해 우리는 언제부터 왜 걱정하게 되었을까?

언젠가 사랑하는 가족과 집에서 저녁을 먹으며 이런 저런 이야기를 나누었다. 오늘 하루 내가 살아온 이야기와 아내와 아이들이 오늘 하루를 살아온 이야기들을 나누었다. 아내는 아내대로 오늘 하루 살아온 이야기를 했고, 아이들도 쉴 새 없이 재잘재잘 하루의 이야기를 늘어놓았다. 평범한 삶 속에서 매일 만나는 저녁이 있는 삶. 이런 것이 소소한 삶의 재미와 감동인가보다. 하루를 마무리 하면서 가족 간에 나누는 이런 사소한 이야기들이 누군가에게는 습관이 되어버린 아무렇지도 않은 평범한 일상일 수도 있지만, 그렇지 않은 누군가에게는 삶의 큰 의미가 될 수도 있을 것이다.

아이들은 마치 참새처럼 쉴 새 없이 재잘거린다.

"아빠빠빠 내가 오늘 학교에서 말이야……"

"아니 근데 아빠. 나는 오늘 학원에서 말이야……"

서로 경쟁이라도 하듯 나누는 이런 이야기들 속에 파묻혀 사랑하는 가족들과의 행복한 저녁시간이 흘러간다.

그러던 중 사랑하고 존경하는 아내와 이런 이야기를 나누었다.

"여보. 내가 만약 직장생활을 하느라 정말 바빴으면 아이들과 당신과 이런 시간도 보낼 수 없었겠죠? 이런 좋은 가족관계가 형성되기 쉽지 않았을 테죠. 매일 아침 7시쯤 출근해서 하루 종일 일을 하고 퇴근하면 늦은 저녁시간이 될 거고, 그럼 아이들은 방에서 자기 할 일들을 하고 다음날 학교 갈 준비하고, 씻고 잘 준비를 할 거고, 나도 다음날 회사 갈 준비를 해야 하니 씻고 일찍 쉬면…… 매일 그런 같은 시간이 반복되면 어땠을까 하는 생각이 드네요. 13년째 내 사업을 하고 있으니 직장생활을 하는 사람들처럼 안정적이지는 않더라도 시간을 마음대로 쓸 수 있으니 그런 것들에 대한 보상으로 우리 가족이 이렇게 화목할 수도 있을 것 같다는 생각이 불현듯 드네요."

13년째 사업체를 운영하고 있는 나는 바쁠 때는 그야말로 눈코 뜰 새 없이 정신없이 바쁘지만 특별한 경우를 제외하면 시간을 마음대로 쓸 수 있다는 장점이 있다. 물론 직장생활을 하면서도 가족과의 좋은 관계 형성을 하는 많은 훌륭한 아빠, 엄마들이 있지만 '과연 내가 그들과 같이 생활을 해왔다면 이럴 수 있었을까?' 하는 생각이 드는 찰나 아내와 이런 이야기를 나누게 되었다.

내가 어린 시절 아버지께서는 늘 바쁘셨고, 어머니께서도 장사를 하셔서 집에 안 계셨지만 집에 돌아오면 늘 할아버지 할머니가 계셔서 그나마 외로움이 덜했다. 하지만 내 욕심이 컸던 탓인지 어머니의 빈자리를 이따금 느끼곤 했다. 그래서인지 아이들이 집에 돌아왔을 때 아무도 없는 집은 상상이 되지 않고, 그 외로움을 아이들에게 안겨주고 싶지 않아서 아내가 사회생활을 하는 것을 반대했었다. 나도 가급적 아이들이 집에 돌아오는 시간에는 집에서 아이들을 반겨주고자 지금도 노력한다.

그래서인지 우리 가족은 비밀이 없다. 사실 완전히 없는 것인지는 '비밀'이기 때문에 확실히 알 수는 없지만 비밀이 많지는 않을 것이라 생각하며 스스로를 위로한다. 엄마, 아빠의 생활과 아들과 딸의 생활을 서로가 공유하며 서로의 일상에 밀접하게 맞닿아 끈끈하고도 사랑이 가득 담긴 소통을 하고 살아가고자 늘 노력한다.

가끔 이런 생각을 해본다. '다시 과거로 돌아갈 수 있다면 나는 안정적인 직장에서 매달 나오는 월급으로 생활하며 가정을 꾸려나갔을까? 아내와 같이 맞벌이를 했다면 어땠을까? 과연 나는 어떤 선택을 했을 것인가? 생활은 지금보다 나아졌을까? 과연 지금 우리 가족이 서로에게 느끼는 이런 끈끈함이 생겨날 수 있었을까?' 하는 실없는 생각들을 해보지만 선택은 늘 똑같다. 다시 지금과 같이 가족 간의 끈끈한 유대감을 가지는 조금은 자유로운 삶을 선택했을 것이다. 매일 밤 가족과 함께 보내는 시간들을 통해 삶의 의미를 부여하고, 세상에서 가장 값지고 소중한 것이 가족의 사랑과 서로가 함께 공유하는 시간과 생각이라는 것에는 아무리 생각을 해보아도 이견이 없다.

꽃이 크다고 다 아름답지는 않다. 작은 꽃들도 눈부시게 아름다울 수 있지 않은가. 우리가 살아가면서도 특별하고 거창한 행복보다는 사소한 행복으로 인해 더 행복할 수가 있다. 저녁시간 가족과 함께 나누는 사소한 한마디의 말과 진실한 눈빛으로 대하는 가족 간의 따뜻한 시선을 느낄 때. 그것들이 모두 작게 느껴질 수도 있겠지만 그 사소하고 작은 일들이 우리를 행복하게 만든다.

미국 뉴욕출신의 정치가 로버트 G. 잉거솔은 이렇게 말했다.
"행복만이 유일한 선이다. 행복을 누려야 할 시간은 바로 지금이고, 행복을 즐겨야 할 곳은 바로 이곳이다."
우리가 벌어야 하는 것은 돈이 아니라 행복이다. 인생에 단 한 점의 후회도 남지 않도록 지금 이 순간 가족과 함께하는 시간 속에서 행복의 부자가 되어보면 어떨까.

언론에서 언젠가부터 '저녁이 있는 삶'에 대해서 이야기를 하기 시작했다. 우리는 언제부터 '저녁이 있는 삶'에 대해 걱정을 하며 살아가게 된 것일까? 어찌 보면 '당연하고도 사소한 일상'이지만 그 '사소하고 당연한 일'이 언젠가부터 신경을 써서 챙겨야 하고, 신경을 써도 챙길 수 없는 그야말로 '사소하지 않고 당연하지도 않은 어렵고 값진 일'이 되어버린 지금. 오늘 사랑하는 가족과 함께 '저녁이 있는 시간'을 한번 만들어보면 어떨까? 평소 못다 나눈 이야기도 하고, 서로의 일상을 공유하며 조금 더 속 깊은 이야기와 일상적인 사소한 이야기들을 함께 나누는 시간을 만들어보자. 소중한 가족과 함께하는 '저녁이 있는 삶'에 한걸음 더 다가가 보면 좋지 않을까.

5

무자식이 상팔자

자식으로 인해 비로소 완전한 어른이 되어가는 부모의 모습

    자녀의 공부를 위해 아빠는 국내에 남아 있고 아이들과 아내를 해외로 유학을 보낸 뒤 자신은 돈을 벌어 해외로 송금을 한다. 현재 많은 문제가 제기되고 있으나 꾸준히 증가하는 추세이다. 바로 기러기 아빠를 두고 하는 말이다. 결혼을 한다는 것은 함께 살기 위해서이다. 함께 살기 위해 결혼을 해 놓고 아이들을 위한다는 핑계로 머나먼 타지에 떨어져서 사는 경우가 있다. 그게 과연 무슨 의미가 있을지 예전부터 의문이었다. 어린 시절 부모의 관심과 사랑을 오롯이 받지 못하고 반쪽 사랑만 받으며 자란 아이들이 커서 어떤 생각을 할지 자못 궁금하다. 그들도 각자의 사연이 있을 테니 떨어져서 지내는 그 상황을 폄하하는 것은 아니다. 하지만 아이들과 함께하는 시간 속에서 서로가 함께 만들어가는 소중한 시간들이 인생의 가장 큰 가치가 아닐지 한 번쯤 생각해 볼 필요가 있다.

　결혼 후 아이를 키우며 정작 부부 당사자들이 아닌 자녀들을 통해 많은 생각을 하게 된다. 우리는 "옛 말이 틀린 말이 하나도 없다."는 말을 많이 듣고 살았다. 옛 어른들이 살아오며 느끼고 경험한 삶의 철학이 '구전口傳'으로 전해 내려온 것이니 검증된 것일 테고, 현명하고 올바른 말임에도 틀림없을 것이다. 하지만 "무자식이 상팔자"라는 말에는 사족을 달아도 괜찮지 않을까. 물론 나 역시도 "무자식이 상팔자"라는 생각을 해보지 않은 것은 아니다. 하지만 아이들을 키우며 '무無자식'보다는 '유有자식'이 낫다는 생각이 들었고, 왜 무자식이 상팔자인지에 대해 계속 생각을 해보게 되었다.

　결혼을 하기 전 나의 양육 원칙養育原則은 이러했다. 아이들을 낳아서 길러주기만 하면 아이들의 인생은 아이들의 인생이고 내 인생은 내 인생이라고. 아이들에게 집착하지 말고, 아이들은 아이들의 인생을 살 수 있도록 도와주고, 나는 내 인생을 살겠다는 생각이었다. 당연히 그러해야 하지만 외국 부모들보다 더 서로를 별개의 존재로 생각하며 아이들은 키워주기만 하되 나는 나대로 자유분방한 내 삶을 즐기겠다는 생각이었다. 어찌 보면 조금은 무책임하고 냉정할 수도 있고, 한국사회에 오랫동안 녹아들어 있는 부모와 자식 간의 정情이라고는 별로 느낄 수 없는 생각일 수도 있다.

　많은 부모들이 자녀에게 올인All-in을 하고 자녀의 성공이 마치 내 인생의 성공인 양 자식들에게 목숨을 거는 모습이 한편으로는 꼴불견으로 비춰질 수도 있다. 나도 한때는 그렇게 생각했다. 하지만 그 생각은 아이들을 기르며 자연스레 조금씩 바뀌게 되었다. 한국사회라서 그런 것인지는 모르겠으나 우리나라 부모들에게 있어 자식은 별개의 인격체라기보다는 내가 못다 이룬 나의 꿈을 이루어줄 나의 '분신分身', 그리고 타인들에게 있어 자랑의 대상이 되기를 바라는 부모들이 많다.

결혼생활을 하며 부부가 함께 살다보면 자식 때문에 다툼이 생기는 경우가 종종 있다. 자식은 십중팔구 '나' 아니면 '당신'을 닮은 것인데, "누구를 닮았는지 모르겠다."는 말을 하곤 한다. 그 질문에 대한 정답은 다음과 같다. 그대의 자식들은 십중팔구 부모를 닮은 것이다. "누구를 닮았냐?"는 책임을 회피하는 말 대신에 다시 한 번 조용히 생각해보면 어떨까? 부모의 유전자를 그대로 물려받았고, 부모의 생활습관을 그대로 물려받은 것이 자식이다. 오죽했으면 자식은 부모의 그림자를 보고 자란다고 하지 않겠나. 부모의 언행言行 하나하나가 자식들에게는 그대로 답습踏襲된다. 자식 탓을 하기 전에 우리 부부를 먼저 돌아보는 것이 좋다. 그러면 정답은 훤히 보인다. "누구를 닮았는지 모르겠다."고 말하는 바로 우리를 닮은 것이다. 부모가 그런 생각과 말을 할진데 그런 어리석은 생각을 가진 부모의 자식은 과연 누구를 닮았겠는지 스스로에게 되물어본다면 답은 자명自明할 것이다.

1980년대 천주교에서 '내 탓이오' 캠페인을 벌였다. '탓'이라는 말이 '구실이나 핑계로 삼아 원망하거나 나무라는 일'을 뜻하는데, 세상을 살아가며 제발 '남의 탓'만 하지 말고 모든 일에 '자신의 탓'부터 하자는 계몽운동이었다. 늘 남 탓만 하지 말고 잘못된 일만 자기 탓으로 돌리라는 말이다. 주먹을 쥐고 가슴을 세 번 두드리며, "내 탓이오. 내 탓이오. 내 큰 탓이로소이다."를 말해보자. 잘되면 '남의 덕'이고, 못되면 '내 탓'이라고 생각하면 세상 살기가 어찌 더 편해지지 않을 수 있겠는가. '내 탓'이란 말을 내가 잘못했다는 말이 아니고 내가 조금 어리석었다고 이해하면 좋겠다. 자기애自己愛가 너무 강한 나머지 잘된 것도 자기 탓이라고 우기면서 "내 탓이오. 내 탓이오. 내 큰 탓이로소이다." 하며 가슴을 쿵쿵쿵 세 번 두드리는 것도 세상을 편하게 살 수 있는 현명한 방법일 것이나 우습기는 하겠다.

부모에게 바라는 건 나를 이 땅에 태어나서 이렇게 숨 쉬고 살게 해 주는 것으로 만족해야 할 것이며, 자식에게 바라는 건 자식이 어릴 때 나에게 지은 예쁜 미소로 인해 행복을 느끼는 것으로 만족해야 할 것이다. 자식들이 자라면서 온갖 재롱을 피우고 순간순간 예쁜 모습을 보일 때 그것으로 이미 효도를 다 하였다고 생각하면 자식에게 더 이상 바랄 것은 없다.

흔히들 결혼을 해야 어른이 되고, 아이를 낳아서 길러보아야 진정한 어른으로 거듭난다고 한다. 그 말에 무척이나 동감한다. 내가 어린 시절 통행금지가 있을 무렵 밤에 열이 많이 나서 병원에 가야 했는데, 통행금지라서 나갈 수가 없었던 아버지와 어머니는 인근 파출소로 가서 팔목에 도장을 찍고 나서야 나를 들쳐 업고 병원으로 달려갔다고 한다. 병원 응급실에서 링거를 맞고 응급조치를 취하고 나서야 집으로 돌아왔다고 하니 돌이켜 생각해보면 그 시절 부모님의 애타는 마음이 어땠을까 싶다.

나 역시도 결혼을 하고 나서야 조금 어른이 된 듯했고, '철'이 든 느낌이 들었다. 그 '철'이란 것은 아이들을 낳고 나서 조금 더 깊이 들기 시작했다. 아들이 태어나자마자 응급실에 실려가 생사의 기로를 오가고 있을 때 종교가 없는 내가 하루에도 몇 번씩 세상 모든 신들에게 기도를 하며 '제발 이 아이를 살려주십시오. 제 목숨을 거둬가는 대신 이 아이를 살릴 수만 있다면 부디 그렇게 해주십시오.'라는 말을 되뇌었다. 그 후 아들은 건강하게 퇴원했고, 지금까지 건강하게 잘 자라고 있으니 그때의 기도가 헛되지는 않은 듯하다.

사랑하는 아들이 태어나 죽을 고비를 넘기고 나서야 비로소 '아!~ 무자식이 상팔자라던 옛 어른들의 말씀이 틀리지 않았구나.' 하는 것을 느끼게 되었다. 자식이 없었더라면 이런 노심초사勞心焦思도 하지 않았을 것이고, 불필요한 비용과 시간을 쓰지도 않았을 것이라는 철 없는 생각을 잠시 한 적이 있었다. 하지만 세상 누구보다 사랑스럽고 소중한 아들이 건강하게 자라며 우리 부부에게 안겨준 행복은 "무자식이 상팔자"라는 말이 무색할 만큼 새롭고 소중한 것이었고, 돈으로는 결코 가치를 매길 수 없는 삶의 즐거움이었다.

하여 "무자식이 상팔자"라는 말을 한 선조들에게 이런 말을 한마디 건네고 싶다. "무자식이 상팔자"라는 그 말의 이면에는 "유자식은 상상팔자"라는 한마디를 말이다. 물론 자식이 있어서 발생하는 많은 문제가 있을 것이다. 아이들이 자라며 애를 먹일 경우도 있고, 돈도 많이 들어가고 부모의 시간도 많이 할애해야만 한다. 하지만 그것과는 비교할 수조차 없을 정도로 아이들은 우리에게 보람과 행복과 기쁨을 안겨주지 않는가? 그것만으로도 절대 "무자식이 상팔자"라는 말은 농담으로라도 입에 담지 말아야 할 것이다. 부모를 진정한 어른으로 거듭나게 해주고, 때로는 부모의 스승이 되어주는 사랑하는 자식들에게 항상 이런 생각과 말을 내면에 담고, 외면에 드러내야 할 것이다.

"사랑하는 아들, 딸아. 너희가 있음으로 인해서 엄마와 아빠가 비로소 어른이 되었구나. 너희가 있어서 얼마나 행복한지 모른단다. 때로는 속상하고 때로는 화도 나지만 그것과는 비교조차 되지 않을 만큼 훨씬 더 큰 사랑을 안겨주는 너희를 너무나 많이 사랑한단다. 사랑한다."

오늘 저녁 아이들을 꼭 안아주며 이렇게 말해보면 어떨까.

"너를 무척이나 많이 사랑한다고……"

자식은 부모의 서운함을 평생 기억하지만
부모는 자식의 서운함은 금방 잊어버린다.
슬프도다.
부모는 나를 낳았기 때문에 평생 고생만 했다.

- 시경

6

덕을 주며 살아가는 사이

부부끼리 덕을 보려할 때 나타나는 부작용

　나는 "나이가 든다."는 말보다 "세월을 쌓아간다."는 말이나 "경험이 축적된다."는 말을 더 선호한다. 부부가 함께 세월을 켜켜이 쌓아가며 나쁜 것은 버리고, 좋은 것은 더하는 지혜를 쌓는다면 몇 번이될 수도 있고, 한 번도 안 할 수도 있지만 대부분은 일생에 단 한번뿐인 결혼생활이 조금은 더 나아지지 않을까?

　마지막 구절에 "믿음과 소망과 사랑 중에 그 중에 제일은 사랑이라." 가사가 나오는 〈사랑은 언제나 오래참고〉라는 그레이스 싱어즈 Grace Singers가 부른 노래가 있다. 사랑 없이는 아무것도 존재할 수 없다고 할 정도로 인류에게 '사랑'이라는 단어가 주는 의미는 무척이나크다. 처음에는 '죽도록' 사랑하는 마음을 가진 남녀가 연애시절 하루라도 떨어지기 싫어 결혼을 해서 한집에 살기 시작하지만 시간이 흐르고 나면 '죽지 못해' 산다는 말을 하곤 한다. 애초에는 사랑으로 불타올라 의기투합하여 '사랑하는 이와의 달콤한 동거'로 시작된 우리들의 결혼생활이…… 시간이 흐르자 '저 인간 하루라도 사랑을 한번 해봤으면 좋겠다.'는 마음을 가지게 만들고, 심지어는 '달콤한 동거'가 아닌 '적과의 동침'으로 진행되고 있는 것은 아닌지 한번쯤 생각해 볼 필요가 있다.

하루는 커피숍에 앉아 있는데 주위에 앉은 중년의 여성들이 "아유. 우리 신랑은 로또야."라고 말하는 것을 들었다. 나는 '저 집은 부부사이가 참 좋은 집이구나.' 싶어서 귀를 쫑긋 세우고 다음에 이어 나갈 말을 가만히 한번 들어보았다.

"응? 정말? 신랑이 그렇게 대단해? 그렇게 좋아?"

"아니. 절대 안 맞아. 로또 숫자가 하나도 안 맞듯이 나랑 단 하나도 맞는 게 없어."

"호호호. 언니. 난 또 무슨 소리라고. 그렇게 따지면 우리 신랑도 로또야. 나랑 안 맞아. 살면 살수록 더 로또야. 호호호호."

신랑이 로또라는 것을 그런 식으로 해석하는 것을 처음에는 무척이나 재미있게 받아들였다. 하지만 한편으로는 과연 무엇이 신랑을 '로또' 반열에 올려놓고 우스꽝스럽게 만들며 희화화戲畫化시키는 소재로 사용하게 되었는지 생각해보게 되었다.

밖에 나와서 배우자 험담을 하는 사람들이 많다. 그렇게 해서라도 스트레스가 풀리고, 집에 들어가서 배우자에게 더 잘한다면 그것은 문제가 되지 않는다. 하지만 말이란 것은 평소 마음속에 품고 있는 것이 입 밖으로 나오는 것이다. 근본적인 갈등을 해소하지 않으면 또다시 같은 문제가 지속적으로 반복될 것임은 불을 보듯 뻔한 일이다. 인간은 상대적인 동물이다. 상대가 바뀌길 바라지 말고, 내가 먼저 바뀌면 상대도 자연스레 바뀔 것이다. 사고의 방식을 조금만 바꾸면 모든 것이 순조롭게 돌아갈 것이다. 일반적으로 사람은 본인의 생각이 맞다고 생각하고, 상대는 잘못되었다고 생각하는 경우가 많다. 관점을 조금만 바꾸고 상대를 인정해준다면 조금 더 현명하고, 행복한 결혼생활을 할 수 있을 것이다. "수신제가치국평천하修身齊家治國平天下", "가화만사성家和萬事成"이라는 말을 다시 한 번 떠올려보자. 내 집안이 편안하지 않고, 배우자와 자식에게 부드러운 말투로 상냥하게 대하지 못하고 자기 성질대로만 대하면서 바깥에서 봉사 활동하고, 동호회 활동하고, 사회생활하며 성공하는 것이 무슨 의미가 있을지 한 번쯤 생각해봄직하다.

퇴근 후 남편들이 만나서 함께하는 술자리에서 부인의 흉을 보고, 부인들끼리 만나서 차를 마시며 본인 남편 흉을 보는 것은 밖에 나가면 어디서나 흔하게 볼 수 있는 모습이다. 밖에 나와서 남편과 부인의 험담을 하는 것은 사회 전반에 만연하게 깔려 있는 일반적인 현상이다. 예전에는 내 아내도 이웃을 만나면 이따금 내 흉을 보곤 했다. 다른 집 부인이 먼저 본인 남편의 흉을 보니 내 아내도 따라서 흉을 보는 것이었다. 서로가 동질감을 형성하기에는 같은 주제로 타깃을 정해놓고 뒷담화를 하는 것만큼 좋은 것도 없다지만 굳이 그 대상으로 본인의 배우자를 선택할 필요는 없다. 물론 상대가 먼저 본인 남편의 뒷담화를 하는데 나는 남편 자랑을 하는 것도 한편으로는 우습 겠다마는 그럴 경우에는 대화의 주제를 살짝 바꿔보는 것도 좋겠다.

지금까지 얼마나 내 뒷담화를 많이 했기에 그렇게 자연스럽게 나의 단점들이 하나 둘씩 쏟아져 나오는 것인지 나는 그 자리에서 겉으로는 웃고 있었지만 내심 충격을 받았다. 그날 그 모습을 보고 집에 돌아와 부인과 대화를 나누었다.

"사랑하고 존경하는 여보. 내가 평소에 당신에게 많이 잘못하고 살았나보네요. 당신이 아까 이야기하는 모습을 보니 내가 고쳐야 할 것이 많이 보이더라고요. 평소에 당신에게 멋진 남편이 되어주지 못해서 미안하네요."라고 하니 아내가 적잖이 당황하며 말을 이어갔다.

"아니. 여보. 그게 아니라…… ○○엄마가 자기 남편 이야기를 그렇게 하는데, 나도 같이 안 하면 혼자서 민망할까봐서요. 그래서 같이 맞장구치며 이야기한 것이지 당신 평소에 잘해요. 그런 것 없어요. 언짢으셨다면 죄송해요."

"이 세상에 이야기 할 거리가 얼마나 많은데, 대화의 주제를 그런 식으로만 이어가면 물론 평소 쌓여있었던 스트레스야 풀릴 수도 있겠지만 나중에 남는 게 있을까요? 사실 스트레스가 더 쌓일지도 모르죠. '같은 거짓말을 백 번 하면 진실이 된다(괴벨스: 나치의 선동가)'고 한 것처럼 좋은 말이든 안 좋은 말이든 계속해서 하면 그것이 나와 상대의 잠재의식 속에 고착固着되어버리지 않을까요? 내가 부족한 부분이 있으면 나에게 직접 이야기를 하고 대화를 하며 서로의 고칠 점을 하나씩 고쳐나가는 것이 우리 결혼생활에 더 도움이 될 것 같은 데 당신 생각은 어때요?"

"당신 말씀이 백 번 맞아요. 당연히 그렇게 해야죠. 앞으로는 밖에서 그런 이야기는 안 할게요."

그 이후로 내가 보지 않는 곳에서 또 내 뒷담화를 했는지는 알 수 없지만 아내의 성향으로 봐서는 더 이상은 그러지 않았다고 생각하며 살아간다. 물론 나 역시도 그 이전이나 이후에도 밖에서 아내 이야기를 할 때는 "우리 집사람은 참 배울게 많은 여자예요. 나한테는 과분한 여자죠."라고 이야기하며 내 아내의 면을 살려준다. 아내의 면을 살려주기 위해 하는 것 같지만 사실은 내 면이 더 산다. "남편이 주장하고 아내가 이에 잘 따른다."는 부창부수夫唱婦隨라는 말도 있지 않나. '괴벨스'가 "거짓말을 백 번하면 진실이 된다."고 했고, 그 말도 일리가 있지만 나는 "진실을 백 번 말하면 진리眞理가 된다."는 말을 한편으로는 더 신봉信奉한다. 세상에 부족하지 않은 사람이 어디 있 겠냐마는 나 스스로가 '현명하고, 배울 것이 많은 과분한 여자와 함께 산다.'는 생각으로 살아간다면 앞으로 아내에게 더 잘할 수 있겠다는 생각도 한몫했다.

　살면서 부부싸움 한번 안 해보고 사는 부부가 어디 있겠나. 하지만 부부싸움도 현명하게 하는 지혜가 필요하다. 보통 부부싸움의 발단은 '이해'가 부족해서 생기는 경우가 90%다. 하긴 '이해'만 할 수 있다면 '오해'도 생기지 않을 테니 감정싸움으로 번질 이유도 없을 것이다. 그럼 나머지 10%는 뭐냐고? 나머지 10%는 '이해를 아예 안 해서' 생기는 것이지 다른 무슨 이유가 있겠는가?

　결혼생활을 해나가며 부부가 서로에게 덕을 보려고 하면 반드시 문제가 생긴다. 그것은 부부뿐 아니라 세상 누구에게도 다 마찬가지일 것이다. 연애를 할 때는 간이고 쓸개고 다 빼서 줄 것처럼 갖은 아양을 떨고 서로에게 잘 해주려고 노력하지만 결혼을 하고 나면 상황이 달라진다. "잡아놓은 물고기에게는 먹이를 주지 않는다."는 잘못 전해 내려오는 이야기를 어디선가 듣고 그것을 실천하려고 묵묵히 노력하는 모습이 그다지 아름다워 보이지는 않는다.

　사실 잡아놓은 물고기에게 먹이를 더 다양하게 잘 주어야 한다는 사실을 요즘 애완동물을 키우는 집들을 보면서 여실히 느낄 수 있다. 수족관에 키우는 물고기나 강아지, 고양이 등 여러 애완동물들을 키우는 모습을 보며 어떤 경우는 사람보다 낫다는 생각이 들기도 한다. 털이나 지느러미에 윤기가 나고 건강하게 키우기 위해서는 내가 키우는 애완동물에게 다양한 영양공급을 해주어야 한다. 동물과 비교

해서 좀 그렇지만 사실 사람이나 동물이나 매한가지다. 애완동물도 그럴진대 사람이야 오죽하겠는가? 내 사람이 된 사람에게는 더 깊은 사랑과 관심을 기울여야 한다. 쉽지는 않겠지만 연애할 때의 십분의 일 정도의 간, 쓸개만 빼줘도 무탈할 것이다. 한 마디로 덕을 보려고 하지 말고, 덕을 주려고 노력해야 한다는 말이다. 내가 매번 덕을 주는 것은 사람이기에 힘들겠지만 최소 열 번 중 다섯, 여섯 번 정도라도 덕을 주려고 하면 무탈한 결혼생활을 해나갈 수 있지 않을까.

명심하자. 우리는 늘 내가 덕을 보려고 해서 탈이 생긴다. 인간관계에서, 특히 부부관계에 있어서는 항상 상대에게 덕을 보려고 하지 말고, 덕을 주려고 노력하자. 이후 우리 결혼 생활이 조금씩 더 행복해지는 것을 느껴보자.

7

주말농장의 의미

자연을 통해 부부가 함께 나눌 수 있는 소중한 것들

경기도 광명은 내가 십 년째 살고 있는 곳이다. 다리 하나만 건너면 서울이고, 안양, 시흥, 부천 등 몇 개의 도시가 붙어 있지만 나지막한 산으로 둘러싸여 공기가 참 좋은 그런 곳이다. 지금은 광명역 주변으로 많은 건물이 들어서서 시골보다는 도시의 분위기가 더해졌지만 터널 하나만 지나면 밭과 산이 펼쳐진 이곳은 도심 같은 시골, 시골 같은 도심이라고 말하기에 더할 나위가 없다. 광명으로 이사 온 직후부터 지인의 600평 농장에서 땅을 조금 빌려 주말농장을 했다.

'농사'라기에는 아무래도 거창하니 '주말농장' 정도로 해두는 것이 좋겠다. 그 후에는 집 근처에 놀고 있는 땅이 있어서 이웃을 모아 20가구 정도가 함께 주말농장을 했다. 무상으로 주말 농장을 할 수 있었으니 이웃들도 큰 혜택을 받은 셈이다. 농사를 지어본 사람은 알겠지만 봄에 농사를 짓기 전에 겨우내 언 땅이 조금 녹을 무렵 땅을 한 번 뒤집어주고, 거름을 미리 주어 지력地力을 북돋워 주어야 한다. 그 래야 씨앗이나 모종을 심었을 때 쉽게 자리를 잡아 뿌리를 내릴 수 있다.

농사를 지으면 많은 것들을 배울 수 있는데, 그 중 중요한 하나 는 비가 오고 나면 식물이 쑥쑥 잘 자란다는 것이다. 식물에 물을 주 면 잘 자란다는 것은 어린아이들도 알 만큼 단순하고도 당연한 일이 지만 왜 그런지에 대해서는 의외로 잘 모르는 사람들이 많다. 그것은 바로 비가 오는 것이 단순히 식물에 수분을 공급하기 때문이 아니다. 대기大氣 중에 약 78% 정도로 가장 많이 포함되어 있는 기체인 질소 가 비에 흡착되어 함께 땅에 떨어지기 때문이다. 바로 식물체 안에서 의 단백질 형성을 돕는 비료의 주원료인 질소질비료窒素質肥料를 주 는 효과가 있기 때문이다. 물론 비가 너무 많이 오면 토양이 머금고 있던 비료가 모두 떠내려가기 때문에 좋을 것은 없겠지만 적당히 오 는 비는 식물에 수분공급도 되고 영양공급도 되니 일석이조一石二鳥 라 할 수 있다.

어느 가족이 아버지의 생신을 축하하기 위해 계획을 짰다. 아내는 남편이 가장 좋아하는 음식을 준비하고, 큰 아들은 집안 청소, 딸은 생일 파티를 위해 집을 멋지게 장식하고, 작은 아들은 카드를 그리기 로 했다. 생일날 아침에 아버지가 직장에 나가자 엄마와 아이들은 분주히 움직이기 시작했다. 그런데 뜻밖에도 아버지가 퇴근 시간보다 너무 일찍 돌아왔다. 아버지는 부엌에 있는 아내에게 물을 좀 달라고 했다. 음식준비에 여념이 없던 엄마가 말했다.

"여보. 나 지금 바쁘니까 직접 따라 드실래요?"

아버지는 거실에서 청소를 하고 있던 큰아들에게 부탁했다.

"아들아. 실내화 좀 갖다 줄래?"

그러나 큰아들이 대답했다.

"저 지금 바쁜데 아버지가 갖다 신으시겠어요?"

아버지는 할 수 없이 그렇게 했다. 아버지가 집안 여기저기를 장식하고 있는 딸에게 말했다.

"담당의사에게 전화 좀 해서 아버지가 평소에 먹던 약을 바로 처방해달라고 요청해 주겠니?"

딸이 대답했다.

"아빠, 저 지금 무지 바쁘거든요. 죄송하지만 아빠가 직접 해 주시겠어요?"

아버지는 힘없는 목소리로 "그래. 그러마." 하고 말하고는 이층 침실로 올라갔다. 이층에서는 작은 아들이 자기 방에서 무언가를 열심히 만들고 있었다.

"뭐하니?"

아버지가 물었다. 작은 아들은 "아무것도 안 해요. 근데 아버지, 저 혼자 있고 싶으니까 문 좀 닫고 나가 주실래요?"라고 했다. 아버지는 침대에 가서 누웠다. 드디어 저녁때가 되어 파티를 위한 모든 준비가 완료되었다. 가족이 침실에 들어와 아버지를 깨웠으나 아버지는 이미 이 세상 사람이 아니었다.

소중한 것을 아껴두었다가 특별한 날에 쓰려고 미루지 말자. 사람 일은 내일을 알 수 없으며 살아 있는 매일이 특별한 날이다. 가족과 함께하는 시간이 바로 그것이다. 특히 평소에 부부가 함께하는 시간은 그 의미가 더 크다. 시간이 나거나 마음의 여유가 생기면 하겠다고 '나중에', '다음 기회에', '언젠가'…… 등으로 미루지 말자. 시간은 기다려 주지 않으니 지금 행동하자. 지금 나와 가장 가까운 배우자와 대화를 나누고 산책을 해보자. 큰 것을 줄 필요가 없다. 소소하지만 부부가 함께 공감하고 즐길 수 있다면 그것으로 족한 것이다. 지금이 내 인생의 가장 젊고 특별한 순간이다.

친구는 가끔 만나기 때문에 즐거움이 있는 것이다. 하지만 함께 살려고 생각지는 않는다. 그런 점에서 가족이라는 것은 어쩔 수 없는 관계다. 하지만 언젠가 아이들은 집을 떠난다. 아이들의 독립은 당연한 것이라 생각하고 아이들과는 친구처럼 지내는 것이 좋다. 때가 되면 아무리 붙잡아도 자식은 부모에게서 떠나갈 것이니 부모는 그때를 조용히 지켜볼 수밖에 없다. 어서 나가라고 재촉하지 않아도 아이들은 결국 부모에게서 벗어나 어딘가로 갈 것이다. 그 시기는 생각보다 빨리 다가온다. 그때가 온다면 기분 좋게 아이에게 손을 흔들어

주어야 한다. 어디에 있든지 마음속에만 존재하면 되는 것이다. 모습은 보이지 않아도 깊은 인연으로 묶여 있는 것이 가족이라는 관계니 말이다.

결국 마지막까지 남는 것은 부부다. 나이 들어 나에게 물 한 잔 떠다줄 수 있는 것이 지금의 내 남편과 아내이다. 어느 날 아내에게 물어봤더니 주말농장을 하는 것보다 사서 먹는 것이 싸게 먹힐 것 같다며 주말농장을 다시 하자는 이야기에 손사래를 쳤다. 온 가족이 함께 주말농장을 하기 위해 시작한 것이었는데, 사실 내가 주도적으로 하고 아내가 옆에서 거들 뿐이지 아이들은 처음에 놀이 삼아 조금만 하다가 이내 그만두곤 했다. 하지만 가족과 함께 주말농장을 하며 얻게 된 것들이 있다. 함께하는 이웃의 소중함, 내가 직접 재배한 농작물을 맛보는 즐거움과 뿌듯함, 땀 흘리는 시간의 소중함 같은 것들이다. 가족이 함께할 수 있는 무언가가 있다면 좋을 것이다. 우리 가족은 맨발걷기, 캠핑, 테니스, 골프, 낚시를 함께 즐긴다. 함께 땀 흘리며 일하는 즐거움을 느끼고 싶다면 주말농장을 한번 해보는 것도 좋겠다. 7년 동안 지속된 주말농장을 지금은 하고 있지 않지만 언젠가 기회가 되면 아내와 함께 조그만 텃밭을 가꾸는 즐거움을 또 한 번 느끼고 싶다.

Alex F. Harmer,
Drawing of Don Antonio and Dona Mariana Coronel at their home in Los Angeles

결국 마지막까지 남는 것은 부부다.
나이 들어 나에게 물 한 잔 떠다줄 수 있는 것이
지금의 내 남편과 아내이다.

part **2**

여름

흔들리지 않고 피는 꽃이 있으랴.
결혼생활은 다사다난(多事多難)함의
연속이다.

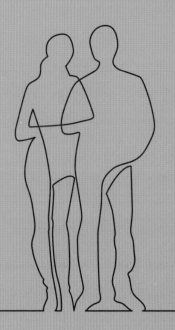

8

관점에 따른
행복의 해석

사색, 관념, 관점의 변화를 통해 일어나는 신비스런 일들

인도印度: India에서의 일이다. 바라나시 갠지스 강에서 작은 여자 아이가 실에 깡통을 묶어서 신나게 뛰어놀던 기억이 난다. 아이가 행복해하는 모습을 보며 내 입 사이로 자연스레 흘러나온 한 마디가 "참 행복해 보인다."였다. 그런 내 말에 반박이라도 하듯 곁에 있던 사람이 말했다. "놀이공원에 가면 더 재밌게 놀았을 건데……"

순간 그의 말이 머릿속을 맴돌며 많은 생각이 들었다.

상대의 말에 늘 부정적인 생각과 말을 하며 반대만 하는 사람이 있다. 반대를 하기 위해서는 반대에 대한 근거와 대안을 내놓아야 한다. 대안代案을 내놓지 못한다면 반대할 명분名分이 마땅히 없다. 반

60

대를 위한 반대를 하는 사람은 가급적 멀리하는 것이 좋다. 세상 만물에는 '기운'이라는 것이 있다. 좋은 기운을 가진 사람과의 만남을 통해 좋은 기운을 얻고 또한 나의 좋은 기운을 나누어주며 살아가는 것이 좋겠다.

말은 생각으로부터 나오고 생각은 사색으로부터 나온다. 사색은 경험과 지식과 지혜로부터 비롯된다. 사색思索이란 어떤 것에 대하여 깊이 생각하고 이치를 따지는 것이다. 누군가 이미 만들어 놓은 고정관념과 해답에 얽매어 연연하지 않고 '나만의 깊은 생각'을 통해 온전히 이치를 깨달아 가는 것이야 말로 '진정한 사색가'로서의 삶이 시작되는 것이 아닐까. 사색에서 필요한 것은 관점觀點의 변화와 다양화이다. 관점의 변화를 통해 사색을 많이 하다보면 비로소 본질적인 부분이 튀어나온다. 이때 스스로가 본질本質에 대해서 파악할 수 있는 깊이가 있어야 된다. 하지만 이것은 어느 누구도 도와줄 수 없다. 결국은 자기 스스로 터득해야 하는 것이다. 이는 깊은 사색과 독서와 삶으로부터 우러나는 경험을 통해 축적될 수 있다. 자신의 울타리에만 갇혀 있는 사람에게는 언제나 같은 풍경만 보이는 법이다. 가난한 사람이 대를 이어 가난한 가장 큰 이유는 매일 비슷한 사람들끼리 몰려다니고 신세를 한탄하며 세월을 보내기 때문이다. 바로 어제와 같은 오늘을 매일 살아가기 때문이다.

사람을 '생각하는 사람'과 '고민하는 사람'으로 한 번 구분해보자. 생각만 한다고 해서 삶이 변하지는 않는다. 삶에 대한 통찰洞察을 바탕으로 깊은 고민을 하는 습관을 들이는 것이 좋다. 고민을 통해 사람은 성장한다. 사람은 다양한 세계관을 가지고 살아가는 것이 좋다. 관점의 다양화와 함께하는 사색을 통해 내면이 성장하는 것을 느낄 수 있다. 성장을 위해서는 독서와 강의를 통한 지식의 습득과 함께 내면內面의 성찰이 필요하다. 하지만 성장하는 삶을 사는 사람은 단순히 책만 많이 읽는 사람이 아니다. 생각을 많이 하는 사람이다. 특히 깊은 생각. 즉, 사색을 많이 하는 사람이다. 오늘 내가 한 사색의 수준이 내가 앞으로 살아갈 인생의 수준을 결정하는 것이다. 매일 같은 사람을 만나고, 늘 비슷한 일상을 살아가며 보는 환경이 늘 같다고 해서 어제와 같은 오늘을 반복한다고 매일 불평하기보다는 늘 새로운 관점으로 세상을 바라보는 것이 중요하다. 관점觀點: 사물이나 현상을 관찰할 때, 그 사람이 보고 생각하는 태도나 방향 또는 처지을 조금만 바꾸면 새로운 관념觀念: 어떤 일에 대한 견해나 생각이 보인다는 사실을 아는 것이 중요하다. 관점의 변화와 깊이 있는 생각을 통해 나만의 방향성을 정하는 일을 꼭 한 번 해볼 필요가 있다. 그 방향성을 정하고 작지만 하나씩이라도 실천해 보는 삶을 살아나가는 태도가 중요하다. 열매는 새로운 가지에서 열린다. 인간관계도 마찬가지다. 부모나 형제, 가까운 지인들을 통해서는 '새로운 무언가'가 일어나기 힘들다. 새로운 관계를 통해 새로운 일들이 일어날 확률이 높다. 따라서 우리는 새로운 관점을 토대로 새로운 관계를 만들어나갈 필요가 있다.

　호화로운 생활을 즐기던 어느 한 나라의 왕이 있었다. 그는 모든 것을 가졌으면서도 그다지 행복하다는 생각을 하지 못했다. 그러던 어느 날 왕은 신하를 시켜 이 나라에서 가장 행복한 사람을 찾아보라고 했다. 신하들은 백방百方으로 수소문을 하여 그 나라에서 가장 행복한 사람을 찾으러 다녔다. 사람들에게 존경받는 학자도 만났고, 엄청난 토지와 재산을 소유한 부자들도 만났다. 하지만 그들은 모두 자기가 행복하다고 하지 않았다. 찰나의 행복은 느끼지만 늘 행복한 것은 아니라고 했다. 오랜 시간이 지난 후 이 나라에서 가장 행복하다는 사람을 찾게 되었다. 그는 행색이 남루한 차림의 노인이었다. 왕과 마주한 노인은 자신이 가진 것은 아무것도 없지만 항상 행복한 삶을 살고 있다고 말했다. 노인과 헤어지고 난 후 왕은 깊은 생각에 빠졌다. '어떻게 하면 저 노인처럼 살 수 있을까? 아니. 어떻게 하면 저 노인을 행복으로부터 멀어지게 만들 수 있을까? 행복으로부터 멀어지는 방법을 안다면 반대로 행복에 가까워지는 법을 알 수 있지 않을까?' 고심한 끝에 왕은 노인에게 구십 아홉 개의 금화를 주었다. 그리고 시간이 흐른 후 노인의 소식을 듣게 되었다. 왕으로부터 구십 아홉 개의 금화를 받은 뒤로 그 노인은 금화를 지키기 위해 혈안이 되어 있었다. 심지어는 하나의 금화를 더 채워 백 개의 금화를 만들고자 노력했던 것이다. 노인이 왕으로부터 구십 아홉 개의 금화를 받은 이후 그 나라에 행복한 사람은 모두 사라지게 되었다.

인간의 행복은 지극히 주관적인 것이다. 1도 없는 사람이 99를 가지면 행복할까? 아니면 1조차도 없는 것이 행복할까? 99를 가지게 된다면 이 노인처럼 1을 더 채워 100을 만들기 위해서 몹시 마음을 쓰며 애를 태울 것이다. 만약 100을 채운 사람이 더 열심히 노력해서 800을 가지게 된다면 행복할까? 그는 이내 1,000을 향해 나아갈 것이다. 1,000까지 미치지 못하고 999에서 멈춘 그의 아쉬움과 안타까움은 그 무엇으로도 표현될 수 없을 것이다. 이는 비단 물질에만 국한 된 것이 아니다. '99의 딜레마'는 그렇게 시작된다.

바라나시 갠지스 강가에서 뛰어놀던 그 아이는 어떤 생각이었을까? 과연 놀이공원을 알면 더 행복했을까? 많은 생각이 든다. 지금도 그때처럼 행복한 삶을 살고 있기를 바랄 뿐이다. 관점을 다양화하면 부부관계도 현명하게 이루어나갈 원동력이 생긴다. 바로 세상을 더 행복하고 멋지게 살아갈 수 있는 해법인 것이다. 지금 이 순간 우리에게는 관점의 변화가 필요하다.

9

전쟁 같은 사랑

결혼이라는 전쟁터에서 전우와 같은 부부가 등을 맞대고 살아남는 방법

북유럽의 작은 나라인 덴마크는 1973년 이후 유엔 집계 행복지수 순위에서 거의 매년 상위 세 손가락 안에 든다. 이유를 거슬러 올라가보면 덴마크인들의 자녀교육 방식에서 비롯된 것으로 추론推論해볼 수 있다. 올바른 아이가 자라서 올바른 부모가 되는 것처럼 덴마크 부모들은 본인들이 그렇게 자라왔기에 자녀들에게 체벌을 하지 않는다. 부모로부터 체벌을 받지 않고 정서적으로 안정되게 성장한 아이가 성인이 되어 자신이 받은 육아방식을 자녀에게 그대로 대물림한 것이다. 핀란드는 1982년, 노르웨이는 1987년, 오스트리아는 1989년, 덴마크는 1997년에 아동체벌금지법을 제정하였다. 아동체벌금지법을 제정한 많은 국가와 마찬가지로 덴마크에서도 1997년 아이들에 대한 체벌이 금지된 것이 분명 한몫 했을 것으로 보인다.

덴마크 부모의 대부분은 훈육의 한 방식으로 체벌을 '고려할 가치조차 없다'고 여긴다. 이는 '체벌'을 자녀교육의 한 방편으로 여기는 우리나라 부모들이 많이 반성하고, 또한 향후 자녀교육에도 꼭 반영해야 할 것으로 보인다. 나 역시도 체벌을 '고려할 가치조차 없다'고 여기는 덴마크 부모들의 훈육방식을 보며 지나간 시간에 대해 많은 죄책감과 반성의 시간을 갖게 되었다. 정도의 차이를 떠나 자녀체벌에 대한 생각은 세상 모든 부모가 다시 한 번 생각해보며 체벌이 없는 현명한 자녀양육을 해나가야 할 것임은 두말할 필요가 없을 것이다.

뉴스를 보다가 자식이 부모를 경찰에 신고하는 것을 본 적이 있다. 더불어 아내가 남편을 신고하고, 나아가 남편이 아내를 경찰에 신고하는 경우도 있다. 체벌을 가장한 폭력이 가장 가까운 가족의 신고로 이어지는 것을 보니 암담한 생각이 뇌리를 스쳤다. 엄마가 아빠를 신고하는 것을 본 아이들은 그 모습을 그대로 답습踏襲하고, 마찬가지로 아이가 아빠를 신고하는 모습을 본 엄마가 그것을 그대로 답습한 것이다. 내 주위에도 자녀가 아빠를 신고하고, 부인이 남편을 신고하여 경찰이 집으로 몇 번이나 출동을 한 경험을 겪은 지인이 있으니 이것이 꼭 먼 나라 이야기만은 아닐 것이다.

내가 어릴 적에는 부모님께 안 맞고 자란 친구들이 없을 만큼 부모의 체벌은 자녀교육에 있어 그만큼 흔한 일이었고, 그것이 가정교육의 지극히 자연스런 한 방편으로 인식되었다. 하지만 세월이 흐르며 자녀교육에 대한 기준과 인식이 달라지며 모든 것이 참으로 많이 변했다. 앞으로는 자녀교육이라는 허울 좋은 핑계로 행해지는 '체벌'이라는 것을 사전에서만 찾아볼 수 있는 단어가 되기를 간절히 바라고 바랄 따름이다.

살면서 싸우지 않고 사는 부부가 어디 있을까? 부부싸움의 이유 중 자녀문제로 싸우는 경우가 생각보다 많다. 자식이 잘 되라고 부부끼리 의견을 내고 대화를 나누는 도중 종종 갈등이 일어나곤 한다. 애초에는 자식이 잘 되라고 서로 의견을 내서 이야기를 하다가 결국에는 부부싸움으로 번지고 마는 것이다. 하지만 사실 알고 보면 그 싸움으로 인해 가장 피해를 입는 것은 바로 자식이다. 그때는 오히려 부모가 자식에게 신경을 쓰지 않는 것이 자식을 도와줄 수 있는 가장 좋은 방법일지도 모른다. 자녀문제로 부부가 대화를 나눌 때는 무슨 일이 있어도 그것이 결코 싸움으로는 번지지 않도록 처신하는 현명한 지혜가 필요하다.

우리 집 가훈은 "한 사람만 힘들자."이다. 내가 우리 집 가훈이라고 주장하는 여러 가지 것들 중 하나이다. 바꾸어 말하자면 "고통은 혼자서 즐기고 행복은 함께 나누자."는 것이 우리 집 가훈이다. 세상에 무슨 이런 가당찮은 가훈이 다 있나 싶을지도 모르겠다. 그 고통을 즐기는 대상은 주로 내가 되는 경우가 많지만 가족을 위해 살아가는 시간이 '고통'으로 와 닿을 리는 만무하다. 농담 삼아 '가훈家訓'이라고 말하지만 사실은 가훈이라기보다는 외벌이를 하는 내 입장을 가족이 '미안해하지 않고 당연히 생각해주었으면 하고, 당연히 생각하되 고마워해주었으면' 하는 바람이 투영되어 만든 말일지도 모른다. 세상의 많은 외벌이 가장이 힘들게 고생하며 사랑하는 가족을 부양하는 것처럼 이것을 당연하다고 느끼고, 다만 각자의 위치에서 삶을 충실히 살아나가게끔 해주기 위한 하나의 방편이다. 짐을 들 때나 장거리 운전을 할 때도 이 말을 적용해서 주로 내가 하는 경우가 많다. 이제는 아이들이 커서 시장을 보고 난 후 짐을 좀 나눠서 들어주니 고마울 따름이다. 힘듦이 분배되는 순간을 겪고 있는 요즘이다.

〈부부클리닉 사랑과 전쟁〉이라는 부부생활을 그린 드라마가 있다. 결혼생활을 하며 일어나는 부부들의 다양한 문제와 실제사연을 재구성해 드라마로 보여주고 전문가들의 조언을 통해 해결방안을 제시해주는 TV프로그램이다. 한때 이 프로그램을 즐겨봤는데 부부간의 갈등에 대한 것을 주로 다룬 주제로 인해 부정적인 것에 나도 모르게 젖어들까 싶어서 어느 순간부터 보지 않게 되었다. 〈사랑과 전쟁〉이라는 프로그램처럼 흔히들 결혼을 '전쟁'이라고도 한다. 치열한 삶의 전쟁과도 같은 결혼생활에서 원만하고 행복한 생활은 자연스레 따라오는 것이 아니다.

2020년 기준으로 대한민국은 OECD 회원국 중 이혼율 9위로 아시아에서는 1위라고 한다. 우리나라 인구를 고려했을 때 하루에 300

쌍의 부부가 남남이 된다고 하니 우리나라의 이혼율은 매우 심각한 수준이 아닐 수 없다. 예로부터 덕수궁 돌담길을 걸으면 오래지 않아 헤어진다는 말이 있다. 과거 덕수궁 돌담길을 지나면 서울가정법원이 있었다. 지금은 서울가정법원이 있던 장소가 서울시립미술관 건물로 바뀌었지만 이혼을 위해 가정법원을 찾은 부부가 덕수궁 돌담길을 걸으면서 이 말이 비롯되었다고 한다. 가수 이문세 님의 〈광화문 연가〉라는 노래를 보면 "이제 모두 세월 따라 흔적도 없이 변하였지만 덕수궁 돌담길엔 아직 남아 있어요. 다정히 걸어가는 연인들……"이라는 가사가 나온다. 한때 덕수궁 돌담길을 다정多情히 걸었던 사랑했던 연인이 '서울가정법원'을 나와 '무정無情히 걸어가는 부부들'로 바뀌지 않기를 바란다.

연애시절 서로가 그렇게 기대하던 결혼을 했고, 우리의 불타는 사랑이 영원할 것만 같았지만 전쟁 같은 결혼생활이 지속되면 그 사랑은 이내 식어버리고 만다. 무엇이 그들을 갈라놓았는지 생각해볼 필요가 있다. 부부관계는 늘 서로의 노력이 뒷받침되어야 한다. 전쟁터에서 믿고 내 뒤를 맡길 수 있는 그런 동지 같은 부부생활이 필요하다. 전우戰友같은 부부, 내 등 뒤를 믿고 맡길 수 있는 서로에게 신뢰가 있는 부부생활을 해나갈 필요가 있다. 나는 지금 상대에게 그러한 배우자가 되고 있는지 한번 돌이켜보자.

10

남편이 귀여워 죽을 것 같을 때

한 번 물어보자. "여보. 내가 귀여워요?"

'여보'는 부부간에 서로를 부르는 호칭을 말한다. '여기 보시오', '여보시오'가 줄여서 된 말이라고도 한다. 별로 친하지 않거나 서먹한 사이에 있는 사람을 부를 때도 '여보'라고 한다. 예전에는 부부 사이에 지켜야 할 도리도 많았고 지금처럼 허물없이 대하기가 어려웠다. 그런 이유로 서로를 부르는 호칭도 마땅치가 않아서 낯선 사람 부르듯 '여보'라고 하던 것이 그대로 일반적인 호칭이 되었다고 한다. 또다른 의미로 여자 녀女자와 보배 보寶를 쓰는 '여보女寶'는 '보배와 같이 소중한 여자'라는 뜻이다. 요즘은 부부간에 스스럼없이 이름을 부르기도 하고 '자기야' '엄마' '아빠' 또는 다른 '애칭'으로 서로를 부르기도 한다. 그렇게만 한다면 다행이겠지만 가끔은 배우자를 칭할 때 '야', '너'와 같은 호칭으로 칭하는 경우도 있는데 이는 서로가 조심해서 나쁠 것이 없겠다. 가급적 남편이 부인을 부를 때는 '보배와 같이 소중한 여자'라는 뜻을 담은 '여보'라고 부르는 것이 나쁘지 않을 듯하니 한 번 시도해 봄직하다.

당신當身은 마땅할 당當자와 몸 신身자를 쓰는데, 내 몸과 같다는 의미다. 부인에게 '여보'라고 했으면 여자가 남자를 부를 때는 '당신'이라고 하면 좋겠다. 당신이야말로 나의 전부이기 때문이다. 지금은 '여보' '당신'이 뒤죽박죽이 되었고, 서로를 보배처럼 생각하지도, 내 몸처럼 생각하지도 않는 경우가 많다. 하지만 '여보', '당신'의 뜻 속에 숨겨진 의미를 알고 '여보'가 되었건 '당신'이 되었건 한번 불러본다면 서로를 좀 더 소중하게 여기고 존중하는 마음이 생길지도 모른다.

한번은 사랑하는 부인이 이런 말을 한 적이 있다.
"당신 그거 알아요? 여자가 남편을 귀여워하면 그건 진짜 사랑하는 거래요."
"오~ 그런 말이 있어요? 여보. 그럼 난 어때요?"
"당신은 귀여워 죽겠어요!~"
"동생이라서?"
"아니. 당신은 그냥 다 귀여워요. 나 미쳤나봐."
사실인지 모르겠지만 나는 이 말을 듣고 한참을 웃었다. 한 번씩 아내는 갑자기 이렇게 뜬금포를 날리는 경우가 있다. 나보다 두 살

연상인 부인이 예전에는 이런 말을 하지 않았는데, 몇 년 전부터 이런 말을 하기 시작했다. 이전에는 사람들과의 약속, 잦은 술자리가 동반된 사회생활을 하는 남편이란 존재는 그저 사랑하는 사람이자 믿음직한 배우자로만 생각을 했던 것 같다. "가화만사성家和萬事成"이라는 말처럼 집안이 편안해야 모든 일이 잘되는 법이라는 생각을 예전부터 하고는 있었지만 바깥 활동을 조금 더 줄이고 가족과 함께하는 시간에 투자를 해야겠다는 생각이 이 말을 들은 순간부터 실천으로 자리 잡게 된 것 같다. 그렇게 집에서 가족과 함께 보내는 시간이 더 많아지면서 나의 귀여운(?) 모습이 투영된 것인지는 모르겠으나 부인에게 종종 이런 말을 들으니 바깥생활을 잘 하는 것만이 가장의 도리를 다하는 것은 아니라는 생각을 하게 되었다. 기본적으로 사회생활은 해야겠지만 조금 더 시간을 투자하여 가정에 충실하고, 가족과 함께 의미 있는 시간을 보내는 것이야말로 가장으로서의 본분을 다하는 것이 아닐까하는 생각을 갖게 되었다.

아버지란 사람은 참 외로운 존재다. 젊은 시절 돈 버는 기계로 살아가다 나이가 들어가며 수컷으로서의 매력이 퇴색되면서 은퇴까지 하게 되면 그때서야 비로소 내 삶의 존재 이유를 찾아 헤매곤 한다. 하지만 젊어서부터 외로움을 밖에서만 달래려 하지 말고 집안에서 달래는 습관을 가져보자. 어느 순간 그 외로움이 점차 사라지고 '외로움'이 뭔지는 국어사전을 찾아봐야만 알 수 있을지도 모른다.

석 삼三자에 남을 여餘자를 써 삼여三餘라는 말이 있다. 조선 중기의 문신이자 학자인 사재思齋 김정국金正國: 1485-1541 선생이 '삼여'의 즐거움에 대해 말했는데, 그는 사람이 평생을 살면서 삼여三餘 즉, 세 가지 여유로움을 가져야 한다고 했다. 우리의 하루는 '저녁'이 여유로워야 하고, 일 년은 '겨울'이 여유로워야하며, 일생은 '노년'이 여유로워야 한다는 것이 바로 '삼여'이다. 노년이 여유롭기 위해서는 평소의 '외로움'을 집에서 부부가 함께 보내는 '여유로움'이 가득한 시간으로 만들어나갈 필요가 있다. 사람은 누구나 행복하길 원하지만 행복의 기준은 모두 다를 수 있다. 비록 행복의 기준은 다를지라도 여유로운 마음이 행복의 지름길이라는 것은 모두가 다 아는 사실이다.

많은 이들이 알고 있는 유명하고도 재미있는 이야기를 하나 소개한다.

한 사업가가 어느 작은 바닷가 마을로 휴가를 가게 되었다. 그가 바닷가를 거니는데 물고기는 몇 마리 잡지도 않고 드러누워 하늘을 바라보며 빈둥빈둥 놀고 있는 어부를 만났다. 사업가는 그 어부를 바라보며 '저렇게 빈둥거리니 가난하게 살 수밖에 없다'고 생각했다. 사업가는 다음날 바닷가를 지나가다 또 그 어부를 만났다. 그에게 물고기를 사러 갔더니 어부는 오늘 잡은 물고기는 저녁에 사랑하는 가족들과 함께 먹을 것만 남기고 다 팔았다며 다음에 오라는 것이었다.

물고기를 많이 잡을 수 있으면서도 매일 몇 마리만 잡아서 팔고, 나머지는 식구들과 나눠먹고 말다니 사업가는 어처구니가 없었다. 사업가는 어부에게 한 수 가르쳐줄 요량으로 말을 건넸다.

"이것들을 잡는 데 얼마나 걸리셨나요?"

"얼마 안 걸렸습니다."

"시간 날 때 고기를 좀 더 잡아 놓으면 좋지 않을까요?"

"그래서 뭘 하게요? 가족들 먹을 정도랑 친구들에게 나눠줄 정도만 있으면 되는 걸 왜 그렇게 많이 잡아야 하나요?"

사업가는 답답한 마음으로 말을 이어나갔다.

"그럼 남는 시간에는 뭘 하시나요?"

"낮잠도 자고, 아이들과도 놀고, 아내와도 좀 놀고, 뭐 그러죠. 저녁에는 마을을 어슬렁거리다가 친구들을 만나면 포도주도 한 잔 하고, 기타도 치며 보내지요."

"그럼 이렇게 합시다. 내가 좋은 제안을 하나 하지요. 나와 동업을 합시다. 당신은 물고기를 지금보다 더 열심히 잡고 내가 마케팅을 한다면 당신은 머지않아 큰 배를 사고 통조림 공장도 세울 수 있을 겁니다."

"그렇게 하는데 얼마나 걸릴까요?"

"한 10년에서 15년 정도면 됩니다."

"그럼, 그 다음에는 어떻게 되죠?"

"그 다음이 가장 중요한 부분입니다. 주식을 상장하고 주식을 팔아 엄청난 부자가 되는 거죠. 수백만 달러를 손에 거머쥘 수 있을 겁니다."

"수백만 달러요? 수백만 달러를 갖게 되면 그 다음에는 뭘 하면 되죠?"

"당연히 편안한 삶을 누리는 거죠. 억만장자가 되면 은퇴해서 한적한 작은 바닷가에 집을 짓고, 가족들과 여유로운 생활을 만끽할 수 있을 겁니다. 배가 부르면 낮잠을 자고, 가족들과도 여유로운 시간을 보내고, 저녁에는 친구들과 기타를 치면서 노는 겁니다. 생각만 해도 천국 같지 않아요?"

"그렇게 해서 부자가 되면 뭘 합니까?"

"그렇게 되면 지금 나처럼 휴양을 와서 편안하고 한가롭게 삶을 즐길 수 있지 않겠소?"

그러자 어부가 한심하다는 듯이 말하였다.

"이봐요, 지금 내가 그렇게 살고 있잖소!!!"

이 이야기에서 사업가와 어부의 꿈은 같다. 편안하고 여유로운 삶을 즐기는 것이다. 사업가는 이 꿈을 나중으로 미뤘고 어부는 지금 이 순간 실천하고 있는 것이다. 이 이야기를 다른 관점에서 보면 다르게 보일 수 있다. 하지만 꿈을 이루는 시기만 놓고 보자. 앞글에서 언급한 사재思齋 김정국 선생의 말처럼 여유로움을 누리는 행복은 현재에 있다.

　사람들은 '언젠가'라는 말을 한다. "내가 언젠가 돈을 많이 벌면 아내랑 하와이로 여행을 갈 거야." "언젠가는 꼭 그것을 살 거야." "언젠가 나도 저 사람처럼 될 거야." "언젠가 나에게도 행운이 오겠지." 하면서 말이다. 그러나 그 언젠가는 영원히 오지 않을 수 있다. 하고 싶은 게 있으면 지금 하자. 그것이 지금 나를 행복하게 만드는 것이다. 우리는 바로 지금 한번 생각해 보아야 한다. 우리가 흔히 말하는 부자富者들이 성공한 다음 소망所望하는 삶을 지금 내가 누리고 있는 것은 아닌지…….

　위의 성공한 사업가처럼 내일로 미루지 말고 오늘 집으로 돌아가 부인에게 한번 물어보자.

　"여보. 내가 귀여워요?"

　이 사람이 바람이 났나 싶어서 다짜고짜 핸드폰을 뒤질 수도 있고, 다정스러운 목소리로 "네. 귀여워요"라는 말을 들을 수도 있을 것이다. 결과는 둘 중 하나일 테지만 본인의 '귀여움' 정도를 테스트 해볼 수 있는 좋은 방법이 될 것임에 틀림없다. 무엇이 되었건 시도를 하면 결과는 50:50이지만 시도조차 하지 않으면 결과는 0% 아닌가. 낯간지럽고 쑥스럽지만 한 번 시도해보자. 분명 대화의 물꼬를 트는 하나의 좋은 방법이 될 수 있을 것이다.

흔히들 젊어서는 자식 때문에 살고 늙어서는 정情 때문에 산다고 들 말한다. 나이가 들면 부모가 있는가? 자식이 있는가? 결국 남는 건 부부밖에 없다. 나이 들어 서로가 외롭지 않도록 세상에 유일하게 나의 편인 부인과 남편이 서로 그렇게 많은 것을 공유하고 사랑하고 아끼며 살아가자. 가만히 뜯어보면 귀여운 구석이 하나쯤은 나올 것이다. '자세히 보아야 예쁜 법'이라는 '나태주' 시인의 말처럼……

11

명절 스트레스

명절과 제사로 힘들어하는 당신을 위한 아무도 알려주지 않는 발칙한 해법

우리나라 대부분의 집들이 명절만 되면 극심한 스트레스를 겪는다. 특히 대한민국의 많은 며느리들이 그러하다. 오죽하면 명절 증후군이라는 말이 생겨났을까? 도심으로 시골로 오고가는 귀성歸省행렬로 인해 늘 고속도로는 몸살을 앓고, 덩달아 사람도 몸살을 앓는다. 일 년에 두 번뿐인 명절에 온 가족이 한자리에 모이는 것이 즐겁고 행복해야 할진대, 너나 할 것 없이 고통을 호소하니 뭐가 잘못되어도 한참 잘못되었다. 명절이 지나고 이혼율이 급격히 증가하는 것을 막을 방법이 분명 필요해 보인다. 명절 증후군의 원인으로는 많은 음식을 준비하는 것과 시댁과 처가의 관계 사이에서 오는 스트레스를 꼽을 수 있다.

나는 30대 시절부터 부모님께 제사를 내가 모셔오겠다고 꾸준히 말했다. 명절을 포함한 조상님들의 기제사忌祭祀 때마다 상다리가 휘어질 정도로 음식을 차리는 어머니와 아내를 보면 늘 마음이 편치 않았다. 우리 집도 다른 집들과 마찬가지로 친척들이 물밀 듯이 방문하여 음식을 먹고 놀다가 썰물처럼 빠져나간다. 이후 그 자리에는 늘 설거지를 하며 뒷정리를 하는 어머니와 아내의 모습이 눈에 띄었다. 아내가 고생하는 것도 마음에 걸렸지만 50년 가까이 본인 조상도 아닌 남의 조상을 모시는 어머니의 고생하는 모습을 보면 늘 마음 한편이 짠하고 불편했다.

30대는 너무 이르다고 생각했는지 아버지와 어머니께서는 제사를 넘겨주는 것에 대해서 늘 반대를 하시다가 내가 40대 중반에 접어들어서야 겨우 허락을 했다. 그 후 집에 있던 제사에 관련된 제기祭器와 촛대를 포함해 모든 것을 가지고 올라왔다. 우리 집에서 제사를 지낸 지는 이제 삼 년에 접어들었다. 나는 대학시절 자취를 하며 음식을 만들고, 설거지, 청소, 빨래를 직접 했고, 평소에도 집에서 요리를 하기에 살림살이는 어느 정도 자신이 있었다. 때문에 제사를 가져오면 아내와 함께 제사준비를 할 요량이었다. 내가 제사를 지내면서 음식 가짓수를 반 이상 줄였다. 처음에는 여러 가지 음식을 하며 상을 가득 채웠는데, 아무리 생각해도 허례허식虛禮虛飾이라는 생각을 지울 수가 없었다. 아내는 그래도 할 건 해야 한다면서 이것저것 준비해서 제사상에 올렸지만 꾸준히 아내를 설득했다. 이후 회가 거듭

될수록 제사상에 올라가는 음식이 점점 간소해지고 있다. 지금은 아이들이 좋아하는 음식 위주로 우리 가족이 딱 한 끼 먹을 음식만 해서 제사상에 올리고 있다. 예전에야 먹고살기 힘들어 제사를 핑계로 배불리 한 번 먹을 요량으로 음식 가짓수를 많이 했지만 요즘은 평소에 배불리 먹고사니 제사 핑계로 음식을 많이 할 이유가 없다. 그렇게 남은 음식은 일 년 내내 냉동실에서 나뒹굴기 마련이다. 제사를 모셔온 두 번째 해부터는 조부모님만 제사상을 차리고, 증조부모님 제사는 지방과 함께 냉수만 올려놓고 지낸다. 예전에는 이른 새벽에 길은 우물물인 정화수井華水가 있었지만 지금은 우물이 없으니 정수기에서 뜬 냉수로 대신한다. 모든 것이 그렇게 시대에 맞춰서 변해가야 하지 않을까?

처음에 제사를 모시고 올라온 후에는 아버지와 어머니께서 제사에 참석하시기 위해 우리 집으로 방문을 하셨다. 하지만 시간이 흐르며 자연스레 부모님께서는 참석하지 않으셨다. 대신 우리가 제사 지내는 모습을 영상이나 사진으로 전송을 했고 집에서 소식만 전해 들으시게 되었다.

다행히 합리적이고 실용적인 것을 추구하는 아버지께서 제사를 좀 더 합리적으로 모실 수 있는 몇 가지 방안을 제시해주셨다. 추천해주신 것을 바탕으로 우리 집의 제사문화는 조금씩 더 변해갔다. 그 중 하나는 지방紙榜을 한글로 모시는 것이다. 아버지의 선배가 제사를 지낼 때 한글 지방을 사용하니 우리도 그렇게 해보는 것이 어떻겠냐고 권유를 하셨다. 나는 그 말을 듣자마자 합리적이고 타당성이 있는 것 같아서 바로 한글지방을 만들어서 적용하게 되었다. 지방에 사용되는 '현조고학생부군신위顯祖考學生府君神位'라는 뜻을 아는 사람이 몇이나 되겠는가? '조'는 조부모님을, '현고'는 제사 주체와의 관계를, '학생'은 고인의 직위를, '부군'은 남성을, '신위'는 고인의 자리를 나타내는 말이라고 하는데, 이 글을 쓰면서도 무슨 뜻인지 당최 이해할 수가 없다. 아버지의 권유는 현실적이었고, 한글 지방을 쓰면 나와 아이들도 쉽게 알 수 있었기에 그 즉시 한글 지방으로 내용을 바꾸어 프린트를 해서 사용했다. 아래에 한글지방을 소개하니 필요하면 인용하여 사용하기를 권유한다.

○○신축년 ○○월 ○○일(음력 ○○월 ○○일)
밀양 박씨 ○○공파 ○○대손 홍길동과 가족이
○○○할아버님의 기일을 맞아서 삼가 영가를 모시고
경건한 마음으로 절하며 명복을 빕니다.

다른 하나는 음력 설날인 구정은 연휴가 조금 긴 편이니 1월 1일 양력 설날에 맞춰서 제사를 지내면 어떻겠냐는 것이었다. 설날 연휴가 긴 음력설에는 부모님을 찾아뵙든지 아니면 다른 일을 할 수 있으니 그야말로 좋은 제안이었다.

올해 추석에는 우리 집에서 차례를 지내지 않고, 부산에서 부모님과 함께 시간을 보냈다. 촛대와 지방함을 들고 가려고 했는데, 아무것도 가져오지 말라고 하셨다. 대신 추석날 아침 식사를 하기 전 온 가족이 식탁에 둘러앉아 묵념으로 대체代替했다. 묵념을 올리기 전 제주祭主인 내가 올린 기도문은 다음과 같다.

"사랑하고 존경하는 증조할아버님과 증조할머니, 그리고 할아버지 할머니. 이번 추석 명절은 아버지 어머니와 함께 보내기 위해서 가족과 함께 부산에 내려왔습니다. 비록 지방紙榜을 모시고 초를 밝히며 제사를 지내지는 못하오나 모처럼만에 사랑하는 가족이 모두 모여 이렇게 기도문을 올리며 명절을 지내고자 합니다. 모쪼록 너른 양해를 구하겠사오며 부디 극락왕생하시기 바랍니다. 아울러 자손들 늘 건강하고 잘 될 수 있도록 좋은 곳에서 항상 보살펴 주시기를 바랍니다."

다른 종교를 가지고 유교문화에 따라 제사를 모시지 않는 집안에서는 흔한 일일지 모르나 제사를 모시는 집에서는 제사를 대신하여 묵념을 올린다는 것이 쉬이 있는 일은 아닐 것이다. 죽은 사람도 중요하지만 산 사람이 더 중요하다. 누구를 위하여 올리는 제사인지를 한번쯤 생각해 볼 필요가 있다. 조상을 위해 올리는 제사인지, 아니면 살아 있는 우리를 위해 올리는 제사인지를 한번 생각해보자. 지역地域

마다 제사상에 올리는 음식의 종류가 다르고, 놓는 방식도 저마다 다르다. 하물며 옆집만 비교해 봐도 판이하게 다른 제사상이 펼쳐질지도 모른다. 정해진 것은 없고, 모두 우리 집만의 법칙에 따라 모시는 것이다. 우리 집만의 법칙이라면 내가 마음먹기에 따라서 바꿀 수도 있는 것이 명절문화와 제사문화이다. 시대가 변함에 따라 입맛도 변하니 살아생전 카라멜마끼아또Caramel macchiato를 그렇게 좋아하시던 조부모님을 위해서 훗날 제사상에는 카라멜마끼아또가 올라올지도 모르겠다는 발칙한 상상을 해본다. 우리가 상상만 하던 것들이 이내 현실이 되고 있다. 제사라고 별반 다르지 않을 것이다. 그런다고 조상님이 뭐라 할 리가 있겠나? 죽은 자는 말이 없다. 대신 산生조상들이 뭐라고 하지. 살아생전 잘해야 한다는 말을 입에 달고 살지만 사실 그렇게 살고 있지 못하는 경우가 많다. 살아생전 잘하는 것이 중요하다. 죽고 나면 다 필요 없다.

우리나라의 많은 종갓집들과 유교문화를 숭배하는 집들로부터 엄청난 질타를 받을 수도 있겠으나 나는 '만약에 이럴 수도 있다면……' 하는 상상의 나래를 펼쳐본 것일 뿐이니 죽자고 덤빌 필요는 없겠다.

"먼 친척보다 가까운 이웃이 낫다."는 옛말이 틀린 말이 없다. 가까이 사는 이웃들은 자주 만나서 이런저런 이야기들을 늘어놓으면 고민상담도 해주고 이야기를 들어주며 좋은 이야기도 해주곤 한다.

그런데, 그 잘난 친척들은 지금까지 내 삶에 얼마나 많은 영향을 주었기에 명절에 만날 때마다 허파를 뒤집는 소리를 하는 것인가? 결혼은 언제 하는지? 취업은 했는지? 진급은 언제 하는지? 아이는 언제 낳을 것인지? 물어보는 것은 왜 그리도 많은가 말이다. 언젠가 '명절 잔소리'에 대한 수금액을 출력해가서 명절에 집안 곳곳에 붙여놓는 방법에 대해서 들은 적이 있다. '진급 질문=5만원', '취업 질문=10만원', '결혼 질문=20만원', '자녀 질문=30만원'이라고 써서 집안 곳곳에 붙여 놓으라는 말을 들으며 웃픈 웃기면서 슬픈 생각이 들었다.

명절 증후군으로 고생하는 많은 이들이 "차라리 명절이 없어졌으면 좋겠다"는 말을 한다. 나 역시도 명절이라는 것에 대해 회의적懷疑的인 생각을 하는 경우가 종종 있다. 시간이 필요하겠지만 갈수록 명절문화도 바뀔 것이고, 다른 많은 것들도 자연스레 변할 것이다. 크리스마스가 언제부터 우리의 축제였고, 발렌타인데이나 할로윈데이가 언제부터 우리의 축제가 되었는지 생각해보자. 솔로들은 커플들의 축제인 발렌타인데이나 크리스마스가 없어졌으면 하고 생각할 것이다. 더군다나 서양 귀신의 날인 할로윈데이는 말할 것도 없다. 명절의 의미를 되새기며 좋은 것은 계승하고 좋지 않은 문화는 나부터 조금씩 바꾸어 나갈 필요가 있지 않을까? 제사를 내가 모시고 와서 우리 집에서 나만의 스타일로 지내는 것도 한 방편이다. 세월이 흐르면 제사도 점점 사라질 것임은 자연스런 현상이 아니겠나.

　명절 스트레스. 누구나 느끼는 것이지만 다른 한편으로는 명절을 함께 즐길 수 있는 가족조차 없는 이들도 있을 테니 함께할 수 있는 가족이 있다는 것에 고마워하며 서로 적당히 스트레스 주고, 적당히 스트레스 받도록 하자. 인간은 망각忘却의 동물이다. 시어머니들은 나도 한때 누군가의 며느리였음을 결코 잊지 말고, 지금 스트레스 받는 며느리 또한 지금 상황을 기억하며 나중에 내 며느리에게 스트레스를 대물림 해주지 않도록 노력하자. 나는 안 그래야지 하면서도 또 다시 어리석은 실수를 반복하는 것이 사람이다. 시간이 지나면서 반드시 지금 나보다 훨씬 더 신세대 며느리를 맞이하기 마련이다. 나중에 내가 맞이하는 며느리가 나를 탐탁지 않게 생각할지는 아무도 모르는 일이니 혹여 지금 스트레스 받고 있다면 지금 이 순간을 잘 기억하도록 하자. 아울러 남편은 나 하나 믿고 결혼을 한 사랑하는 부인을 위해 명절 끝에는 최대한 부인의 취향을 존중하고 맞춰주어 명절 증후군에서 하루빨리 벗어날 수 있도록 배려를 해보는 것이 좋겠다.

　돌아오는 명절에는 코로나 핑계로 못 내려간다고 이야기하고 어디 좋은 곳에서 나만을 위한 여유로운 시간을 만끽해보는 것은 어떨까? 그동안 쌓인 명절 스트레스를 그렇게라도 한 번 풀어보자. 단, 다음에 내 며느리가 그렇게 하더라도 모른 척 눈감고 넘어가주어야 한다는 전제가 따라야 한다. 내로남불을 굳이 실천하는 꼰대가 될 필요는 없다. 이 책에서 읽었다는 것은 평생 비밀로 해두길 간절히 바라는 바이다.

쇼윈도 부부

우리 사실은 쇼윈도 부부가 아니었을까?

사촌이 땅을 사면 배가 아프다는 말이 있다. 다른 사람이 잘 되는 것을 기뻐해 주는 대신 시기와 질투를 한다. 가까운 사람이 잘되는 것을 기뻐해 주어야 하건만 오히려 그것을 배 아파하며 자신의 신세를 한탄한다. 주위를 둘러보면 간혹 그런 사람들이 있다. 상대를 깎아 내린다고 내가 올라가는 것이 아닌데, 종종 상대를 비하하며 그것을 유머의 소재로 삼거나 습관처럼 말하는 경우를 볼 수 있다. 바로 나보다 남이 잘되는 것이 보기 싫은 것이다. 상대가 잘 되는 것과 내가 잘 되는 것은 별개의 문제다. 상대가 잘된다고 내가 못되는 것이 아니고, 상대가 잘못된다고 내가 잘되는 것도 아니다. 사촌이 땅을 사면 배 아파하지 말고 함께 기뻐해주고 축하해주도록 하자. 부와 명예도 상대적인 것이 아니고, 행복과 현재 생활에 만족하는 것도 상대적인 것은 아니다. 나만의 행복을 찾아가도록 하자.

사람들은 누구나 내 치부恥部를 드러내고 싶어 하지 않는다. 내 치부가 드러나면 괜스레 내가 상대방에 비해 모자라고 보잘 것 없는 존재로 느껴지게 마련이다. 그래서 아무리 힘든 상황에서도 웬만큼 친하지 않고서는 겉으로 드러내지 않고 웃으며 상대를 대한다. 힘듦을 내색해도 상황이 해결되는 것이 아닌데 내색을 했다가는 괜히 내가 꿀리는 것 같아서이다.

가끔 농담 삼아 하는 말 중에 "내 사회적 체면과 지위가 있지……"라는 말을 사용한다. 그만큼 우리나라 사람들은 사회적 체면과 지위를 중요시 생각한다. 다음 달 카드 값 걱정을 하면서도 당장 나의 사회적 체면과 지위 때문에 술자리에서 큰 소리를 치며 "오늘은 내가 계산할게."라고 하는 것만 봐도 '~척' 하기 좋아하는 우리나라 사람들의 일면一面을 엿볼 수 있다.

이는 결혼생활에서도 마찬가지다. '쇼윈도 부부'라고 부르는 이들은 실제로는 원만한 결혼생활을 하지 못하고 있으면서도 남의 시선을 의식해 원만한 부부생활을 이어가는 것처럼 밖에서 행동하는 부부를 일컫는 말이다. 연예인 커플들도 이혼을 하고 나서야 사실은 그동안 쇼윈도 부부였다고 고백하는 경우가 간혹 있다. 사회적 체면과 지위를 중요시하는 우리 사회에서는 유명인뿐만 아니라 일반인들 가운데도 쇼윈도 부부로 사는 경우가 드물지 않다. 경제적인 이유나 자녀양육 문제로 한집에 살고 있지만 사실은 '체면' 때문에 헤어지지 못하고 바깥에서만 '행복한 척', '사이가 좋은 척' 하며 사는 부부들이 있다.

주위의 어느 부인도 남편의 외도外道로 인해 부인의 속이 곪을 대로 곪아 있었다. 부인은 주변의 지인들을 만나면 울면서 하소연을 했다. 하지만 정작 그 속사정을 모르고 밖에서 그들 부부를 만나면 세상 그렇게 아름답고 서로를 위해주는 잉꼬부부가 따로 없다. 쇼윈도 부부의 전형적인 케이스다. 겉으로 보기에는 아무 이상 없는 지극히 평범하고도 아름다운 부부로 보이나 집에서는 아무런 대화도 하지 않고, 부부관계도 하지 않는다고 하니 애석하기 그지없다. 갖가지 이유로 한집에 살고 있을 뿐 서로에 대한 존중과 애정도 없는 생활을 이어나가고 있는 것이니 이는 사실상 '졸혼卒婚'과 다를 바 없다. 처음 '졸혼'이란 단어를 접했을 때 생소한 단어라 이게 무슨 의미인지 궁금했다. 우리나라에서는 이외수 작가가 결혼 44년 만인 2019년에 '졸혼'을 선언해 화제를 모았다. '졸혼'은 이혼과는 조금 다른 개념으로 혼인관계는 유지하지만 '결혼 생활을 졸업한다'는 뜻이다. 이혼하지 않은 부부가 서로의 삶에 간섭하지 않고 독립적으로 살아가는 개념으로 일본에서 인기를 끌고 있는 새로운 풍속이다. 쇼윈도 부부와 졸혼은 과연 무엇이 다를까? 졸혼은 쇼윈도 부부를 조금 다르게 일컫는 말로도 해석될 수 있겠다.

쇼윈도는 지나가는 사람들의 시선을 끌어 구매욕을 북돋아 점포 내로 손님을 유도하는 것이 목적이기 때문에 단순히 상품을 늘어놓는 것이 아니라 많은 고안考案을 해야 한다. 길을 걷다 만나는 쇼윈도 Show window 너머로 보이는 상품들은 모두가 다 그럴싸해 보인다. 없어도 있어 보이고, 무난하지만 화려해 보이게 세팅을 해놓는다. 하지만 정작 매장 내부로 들어가 보면 밖에서 보았을 때와 뭔가 다르다. 쇼윈도에 현혹되어 내부로 들어갔는데 실상은 별게 없다는 것을 알아차린다. 겉으로는 그럴싸해 보였는데 내부를 보면 한편으로는 실망감이 든다. 쇼윈도를 디스플레이 해놓은 디자이너의 실력에 감탄하기도 한다. 내부의 모습은 밖에서 보았던 화려한 모습과는 다르게 조금은 정돈되어 보이고, 밖에서처럼 그다지 세련되고 화려해보이지도 않는다. 똑같은 상품인데 밖에서 보았을 때와 내부에서 본 모습은 무엇이 달라진 것일까? 그만큼 매칭Matching을 잘해놓은 것뿐이다. 같은 상품을 밖에서 보았을 때 있어 보이게 매칭을 잘해놓았다면 내부에서도 그것을 참고로 해서 매칭만 잘 하면 쇼윈도의 상품과 비슷한 효과를 얻을 수 있다.

혹시 지금 우리 부부도 쇼윈도 부부로 살아가고 있는 것은 아닌지 한번쯤 생각해 볼 필요가 있다. 겉으로 보았을 때는 화려해 보이지만 내부를 들여다보면 그저 그렇고 그런 동거인 정도로 살아가고 있는 것은 아닌지 말이다. 만약 지금 우리가 쇼윈도 부부라면 바깥에서 보이는 모습처럼 집에서도 서로가 조금만 더 매칭이 될 수 있도록 노력해보면 어떨까? 백화점에서 화려한 쇼윈도를 구성하는 것이 디자이너인 것처럼 집에서는 우리 부부가 디자이너가 되어보자. 바깥에서 타인들에게 화려하게 보이는 모습을 연출했다면 집에서도 바깥에서와 같이 멋진 모습으로 살아갈 수 있는 일말의 희망이 있지 않을까 자문자답自問自答을 해보자. 스스로를 디자인하고 배우자도 함께 디자인해보자. 누구나 겉과 속이 똑같은 사람을 좋아하듯 부부관계도 그렇게 만들어 나가는 것이 좋다. 겉 다르고 속 다른 것처럼 꼴불견인 것은 없으니 우리 부부관계도 겉과 속이 같게 만들어 나가면 보기에 좋지 않을까. 우리 부부도 쇼윈도 부부가 되지 않도록 나 스스로부터가 집안을 잘 디자인해나갈 필요가 있겠다.

13

기준이 무엇이기에

잘못은 되도록 빨리 인정하는 가벼움을 가지는 방법

"선두 기준. 좌우로 정렬"학창시절과 군대 생활 할 때 많이 들었던 말이다. 기준基準이란 것이 참으로 모호하다. 사람은 모두가 자기만의 기준을 가지고 살아간다. 학창시절이나 군대 생활을 할 때처럼 누군가가 따로 기준을 정해주지 않으면 바로 내가 있는 곳이 기준이 된다. 내가 좌측에 있으면 좌측이 기준이고, 우측에 있으면 우측이 기준이 된다. 내가 조금 느리면 상대가 빨리 간다고 뭐라고 한다. 느린 내가 기준이 되는 것이다. 반대로 상대가 느리면 늦다고 뭐라고 한다. 이때는 빠른 내가 기준이 되는 것이다. 성격이 급한 편인 우리나라 사람들은 운전을 할 때도 마찬가지다. 나보다 빨리 가면 "저런 미친놈"이라고 하고, 나보다 늦게 가면 뒤를 돌아보며 "에이. 저 바보 같은 놈"이라고 한다.

언젠가부터 틀린 게 아니라 다른 거라는 말을 많이들 한다. 모든 것을 '다른 것'으로 치부하기에는 때로 틀린 것들도 눈에 띄기 때문에 모든 것을 다르다는 말로 이해하고 받아들이기에는 무리가 있다. 때로는 냉정하게 틀린 것은 "틀렸다"라고 이야기하는 용기도 필요하지 않을까? 단, 결혼생활에서는 "틀렸다"고 하기보다는 서로의 '다름'을 인정하고 살아가는 것이 지혜로운 부부관계를 만들어나가는 좋은 방법이다.

부부가 똑같으면 싸움이 일어난다. 주위를 둘러봐도 비슷한 부부들은 찾아보기 힘들지 않은가. 그래서 결혼 상대도 나에게 조금 결핍되어 있는 것을 가지고 있는 배우자를 찾게 된다. 내가 조금 게으르면 나보다 부지런한 상대에게 호감이 가고, 내가 조금 성격이 급하다면 성격이 느긋한 상대에게 호감을 가지게 된다. 서로가 불같은 성격이라면 매일 지지고 볶을 것은 불을 보듯 뻔한 일이니 말이다. 하지만 그렇게 다른 부부일지라도 함께 살다보면 서로 닮아가기 마련이다. 먹는 음식과 생활하는 환경이 비슷하고, 서로의 가치관을 공유하기에 본인들은 다르다고 하지만 타인이 보기에는 이미 너무도 많이 닮아있다. 가끔 둘이 비슷한 사람들끼리 결혼을 하면 나타나는 현상은 단 두 가지가 되지 않을까? 나와 많이 닮은 상대를 한없이 사랑하거나 아니면 내 단점까지 빼다 박은 상대에 대한 불만으로 하루하루가 피곤할지도 모른다.

간혹 아내에게 함부로 말을 했다가 돌아서면 잠시 후 바로 후회를 하며 아내에게 전화를 한다. "아까 이런 말은 내가 잘못했고, 당신이 얼마나 속상했을지 미리 헤아리지 못해서 미안하고 앞으로 조심하겠다고" 전화를 해서 말한다. 예전에는 내가 잘못을 했어도 미처 못 알아차리거나 한편으로는 인정이 되더라도 그깟 알량한 자존심 때문에 사과를 하지 않고 그냥 시간을 지나쳐왔다. 하지만 언젠가부터 잘못은 즉각 사과하는 습관을 들이는 것이 좋겠다는 생각이 들었고, 그 후 실수를 했다는 생각이 들면 반나절을 채 넘기지 않고 아내에게 잘못을 시인하고 사과를 했다. 그 시기가 점점 줄어들어 이제는 말을 뱉어놓고 이내 아차 싶어서 바로 그 자리에서 조금 전 그 말은 내가 실수를 한 것 같으니 미안하다고 사과를 한다. 아이들이 그런 나를 보고 아빠는 이중인격자 같다고 말했다. 그렇게 생각할 법도 한 것이 말을 뱉은 후 몇 초도 안 되어서 바로 사과를 하는 내 모습이 마치 이중인격자처럼 비칠 수도 있겠다 싶었다. 그때 나를 위한 변명이라고 한 것이 다음과 같다.

"누구나 실수는 하지만 그 실수를 깨닫지 못하고 지나치거나 실수를 알아차린다고 하더라도 사과를 하기가 쉬운 일은 아니다. 하지만 아빠처럼 실수를 이내 깨닫고 바로 사과를 한다면 그것이 내 실수를 바로잡는 일이기도 하거니와 상대를 위하는 길이기도 하니 너네도 살아가며 실수를 하면 아빠처럼 바로 사과를 하는 습관을 들이는 것이 좋지 않겠나?"

내 말이 한편으로는 타당하다고 생각했던지 아이들은 고개를 끄덕였다. 나는 오늘도 실수를 하며 살아간다. 편한 사이일수록 조심하라고 하는데 세상에서 가장 편한 가족들에게 특히 말실수를 많이 한다. 이 세상에 실수를 하지 않고 사는 사람이 어디에 있겠나? 문제는 본인의 실수를 인정하지 않고, 가령 인정하더라도 상대에게 하는 사과에는 옹졸한 것이 사람이다. 상대가 실수를 하듯 나도 살아가며 실수를 하는 사람이니 상대의 실수에는 조금 관대하고 내 실수에는 조금 인색하게 구는 것이 한편으로는 너그럽고, 편하게 살아가는 방법이겠다. 특히 가족의 실수는 조금 더 너그럽게 이해하는 것이 좋겠다.

상대의 실수도 내 기준에서의 실수이다. 내 기준을 조금만 배제排除하고, 상대의 기준을 우선적으로 생각한다면 행복은 이미 눈앞에 와 있을지도 모른다. 행복을 가까이 당겨오는 방법은 그리 어렵지 않다. 내가 배우자를 꽃으로 생각하면 상대는 꽃이 된다. 반대로 상대를 철천지원수로 생각하면 상대는 원수가 되는 법이니 부디 이 아름다운 세상을 철천지원수가 아닌 예쁜 꽃과 함께 살아가는 방법을 스스로가 터득하기를 바란다. 항상 내가 기준이 되지 말고 상대의 기준에서 먼저 생각하는 습관을 들이는 것이 하나의 좋은 방법이 될 수 있다.

나는 인문학 강의를 할 때 김춘수 시인의 〈꽃〉을 자주 인용한다. 많은 이들이 사랑하는 김춘수 시인의 '꽃'은 오랜 시간이 지난 지금도 많은 이들에게 회자膾炙된다. 〈꽃〉이라는 시에서 화자가 말하는 대상은 '꽃'이다. 그러나 이 시에서 '꽃'은 실체가 아니라 하나의 개념으로서의 '꽃'이다. '꽃'은 우리가 이름을 불러주기 전에는 단지 하나의 몸짓일 뿐이었지만 우리가 '꽃'이라고 이름을 불러줄 때 비로소 '꽃'으로 완성이 되는 것이다. 의미를 부여하기 전에는 아무것도 아니었지만 의미를 부여했을 때 비로소 그것이 나에게 하나의 의미로 다가온다는 것이다. 길을 걷다 만나는 잡초에게도 일상을 살아가다 마주치는 사소하다 느낄 수 있는 무생물인 그 무엇에게도 의미를 부여하면 그것은 나에게 곧 하나의 의미로 다가올 것이다. 그의 작품이 오랜 시간이 지난 지금도 많은 이들에게 회자되는 이유가 분명 있을 것이다. 지금 이 순간 김춘수 시인의 〈꽃〉을 떠올리며 서로에게 소중한 하나의 의미로 자리매김 해보는 것은 어떨까?

꽃

김춘수

내가 그의 이름을 불러 주기 전에는
그는 다만
하나의 몸짓에 지나지 않았다.

내가 그의 이름을 불러 주었을 때

그는 나에게로 와서

꽃이 되었다.

– 중략 –

우리들은 모두

무엇이 되고 싶다.

너는 나에게 나는 너에게

잊혀지지 않는 하나의 눈짓이 되고 싶다.

14

가족 간의 스킨십Skinship

우리만의 신성한 의식을 만들어 가족의 심장을 매일 느낄 수 있는 방법

우리 가족은 하루도 빠지지 않고 매일아침 '신성한 의식儀式'을 치른다. 신성한 의식이라고 해서 인디언들처럼 동물을 잡아서 공중에 피를 뿌리고 춤을 추며 제사를 지내는 거창한 것이 아니라 단순하지만 큰 의미가 있는 '포옹'과 '입맞춤'이 바로 그것이다. '신성한 의식'이라고 해서 뭔가 대단한 것으로 생각했는데 그것이 고작 스킨십이라고 하니 허탈할 수도 있겠다. 그러나 나는 요즘 가족과 얼마나 많은 스킨십을 하며 살아가고 있는지 한 번 생각해 볼 필요가 있다.

사랑하는 사람과의 스킨십을 통해서 교감을 하게 된다. 이는 단순한 신체접촉 그 이상의 의미를 갖는다. 스킨십이 가져다주는 효과는 좋은 영양제를 먹는 것 이상으로 큰 가치가 있다. 포옹은 심리적 안정감을 주며 스트레스 완화에도 도움이 된다고 하니 배우자를 포함한 가족 간의 스킨십에 너그러워질 필요가 있다. 부부가 포옹을 하는 모습을 보이는 것만으로 아이들이 느끼는 감정을 돈으로 환산하면 수백만 원의 효과가 있다고 하니 돈도 벌고 부부관계도 더 끈끈해지는 효과가 있는 스킨십을 마다할 이유가 있을까? 어린 시절 잦은 신체접촉은 자녀의 성장과정에서 스트레스를 줄여주는 데 큰 역할을 한다. 또한 자녀들과의 잦은 포옹은 자존감을 높여주고 부모와의 유대감을 강화시킨다. 그들의 미래를 보다 밝게 만들 수 있고, 성격이 밝고 대인관계가 원활하게 성장할 수 있도록 해준다고 하니 안 할 이유가 없다.

아이들이 자라면 자연스레 스킨십을 멀리한다. 부부간에도 평소에 스킨십이 습관이 되어 있지 않으면 이내 데면데면해지는 것을 볼 수 있다. 그래서 부부간에는 결혼을 하고 나서부터 매일, 그리고 자녀가 어릴 때부터 매일 습관을 들이는 것이 자연스레 스킨십을 즐길 수 있는 좋은 방법이다. 단, 아이들이 자라면서 입을 맞추는 것은 조금씩 멀리할 필요가 있다. 다 큰 딸과 아빠, 또는 다 큰 아들과 엄마가 입 맞추는 것이 어색하기는 할 것이니 말이다. 그때는 외국의 인사법처럼 포옹을 해주며 볼에 가볍게 입맞춤을 해주는 정도가 좋겠다. 애초에 우리 가족은 스킨십과는 담을 쌓고 살았다면 지금부터라도 한번 시도해보면 어떨까? 생전 처음 보는 사람과도 악수를 하고 포옹을 하면서 가족 간에 스킨십이 언제였는지 도무지 기억나지 않는다

Franz Stuck, *Sternschnuppen*

세상에서 가장 어려운 것은 어려운 일을 매일 하는 것이다.

세상에서 가장 쉬운 일은 쉬운 일을 가끔 하는 것이다.

그럼 세상에서 가장 특별한 일은 무엇일까?

바로 쉬운 일을 매일 하는 것이다.

쉬운 일을 매일 하면 특별한 일이 된다.

면 오늘 당장 시도해볼 필요가 있다.

혹시 살아가며 실수로 배우자의 마음을 상하게 하고 나면 열 마디 말을 하는 것보다 조용히 다가가 따스하게 한 번 안아주는 것이 더 효과적일 수 있다. 예전에 내가 천방지축으로 날뛰고 다니던 사춘기 시절에 어머니에게 말을 함부로 해서 마음을 상하게 해드린 적이 있었다. 내가 잘못한 것임에도 사과의 말을 전하기가 힘들어 며칠 동안 말을 하지 않고 있다가 부엌에 있던 어머니께 다가가 사과를 하고 조용히 안아드렸더니 어머니께서 펑펑 울었던 기억이 난다. 지난 시간을 돌이킬 수는 없겠지만 그 시절을 돌이켜보면 참 많은 후회가 된다. 그 당시 내 진심이 담긴 사과의 말 한마디와 함께 어머니를 꼭 안아드렸던 것으로 어머니의 마음이 많이 풀리셨다고 했다. 몸만 안으면 포옹이지만 상대의 마음까지 안으면 포용이다. 못난 자식의 사과를 어머니는 따스한 포옹과 함께 포용하는 마음으로 받아들이신 것이 아니었을까.

나는 아이들이 어릴 적부터 몸싸움을 하며 많이 놀아주었다. 서로 뒤엉켜 몸으로 부딪히며 함께 어울리는 시간 속에 아이들은 부모와의 유대감과 동시에 동질감을 느꼈을 것이다. 세상에서 가장 좋은 놀이기구는 바로 부모의 몸이 아닐까 하는 생각을 하며 아이들을 키웠다. 그렇게 자란 아이들은 지금도 스킨십을 자연스럽게 생각하며 매일 나와 함께 몸을 부대끼며 살아가고 있다.

세상에서 가장 어려운 것은 어려운 일을 매일 하는 것이다. 반대로 세상에서 가장 쉬운 일은 쉬운 일을 가끔 하는 것이다. 그렇다면 특별한 일은 무엇일까? 바로 쉬운 일을 매일 하는 것이다. 쉬운 일을 매일 하면 특별한 일이 된다. 무엇이든 한 번 하기가 힘들지 몇 번만 해보면 어렵지 않다. 포옹을 한다는 것은 상대의 심장을 가장 가까이서 느낄 수 있는 방법이다. 사랑하는 이의 심장을 가장 가까이서 한 번 느껴보자. 아이들과 부부간에 매일 하는 스킨십을 통해 특별한 나날을 만들어 가볼 필요가 있다. 오늘부터 매일 아침저녁으로 가족을 따뜻하게 한 번 안아주며 입을 맞추는 습관을 가져보는 것은 어떨까? 시간이 지나면 우리 가족의 좋은 전통으로 자리매김 할 수 있을 것이다.

15

남녀의 역할

페미니스트로 가장한 또 다른 역차별. 과연 남녀의 정해진 역할은 무엇일까?

내가 알고 지내는 한 분은 대화를 할 때 습관처럼 '여자'와 '남자'를 굳이 나누는 경향이 있다. 그분의 책에도 '페미니즘Feminism'에 관한 내용이 들어가 있다. 평소 대화를 나누다보면 진보적인 페미니스트 성향이 강한 분으로 느껴지기도 한다. 그럴 때마다 나는 "똑같은 인간인데 굳이 성별을 따지는 것은 보기에 좋지 않다."고 말한다. 스스로가 페미니스트를 자처하며 페미니즘을 주장하는 자체가 양성평등兩性平等의 정신에 위배되는 것은 아닌지 생각해볼 필요가 있다. 아마 사회생활을 하며 여성으로서 받아왔던 차별이나 어린 시절부터 겪어왔던 차별이 잠재의식 속에 내재되어 있어 은연중隱然中 나타나는 현상일 수도 있겠다. 하긴 그동안 여성들이 이 사회에서 얼마나 많은 차별과 학대와 억압을 받아왔는지를 생각해보면 충분히 이해는

간다. 데이트 폭력, 부부폭력, 성폭력 등 뉴스에 나오는 피해자의 대부분은 여성이었으니 말이다. 그분의 마음도 한편으로는 이해가 되지만 다른 한편으로는 군이 '페미니즘'을 내세우지 말고 '양성평등'을 모토Motto로 삼고 살아가는 것도 좋을 듯하다. 페미니즘을 표방하는 것 자체가 그 페미니즘으로 인해 차별을 겪는 또 다른 대상을 생산할지도 모를 일이기 때문이다.

인간은 각자의 역할이 있다. 여자가 해야 할 일과 남자가 해야 할 일이 따로 나뉘어져 있는 것은 아니지만 성별에 따른 각자의 역할이 일부 필요하다는 것을 전혀 무시할 필요는 없다. 집에서도 목공일이나 전구를 갈고, 이것저것 수리를 하고 무거운 것을 드는 일은 주로 내가 하는 편이다. 아내는 다른 집안일을 한다. 물론 때때로 역할이 바뀌는 경우도 있지만 대부분은 암묵적으로 정해진 약속처럼 그렇게 생활하고 있다. 힘을 쓰고 위험한 일은 남성이 하고, 섬세하거나 깔끔함을 요구하는 일은 주로 여성이 한다. 생물학적 인자因子가 다르니 그렇게 하는 것일 뿐 다른 이유는 없다. 여성은 존중받고 아껴주어야 하는 존재이나 남성 또한 그 대상에서 소외되어서는 안 된다. 페미니즘으로 인해 또 다른 차별의 대상이 나오지 않기를 바란다.

〈더 레드 필The Red Pill〉은 2016년 10월 7일 캐시 제이Cassie Jaye라는 다큐멘터리 감독에 의해서 제작된 남성 인권에 대해서 다루는 미국

다큐멘터리 영화이다. '레드 필Red Pill: 빨간 알약'이라는 이름은 영화 매트릭스에서 나온 개념을 차용한 것이다. 매트릭스에서 파란 약을 먹으면 지금까지와 같이 가상세계에 머물게 되지만 주인공인 네오는 빨간 약을 선택하여 가상세계에서 깨어나 드디어 진실을 마주하게 된다. 매트릭스 영화가 나온 이후로 '빨간 약'의 의미는 '내가 줄곧 진실이라고 믿어왔던 기존의 생각을 완전히 뒤엎고, 불편한 진실을 깨우친다.'는 의미로 쓰이고 있다. 〈더 레드 필〉의 감독 역시 여성인권을 주창主唱하던 페미니스트였다. 그녀는 남성인권단체를 비판할 목적으로 그들과 인터뷰를 하며 남성인권운동에 대해서 알아가면서 사고思考의 틀이 깨지며 페미니스트를 관두기로 선언했고 이후 남성인권에도 관심을 가지게 되었다.

이 다큐멘터리는 대부분의 비평가들에게 혹평을 받았다. 미국의 일부 극장에서는 여성인권단체의 항의로 상영이 취소된 적이 있으며 호주에서도 역시 상영이 금지되었다. 그 이유는 작품이 한 쪽으로 너무 편향되었고, 여성혐오를 유발시킴과 동시에 사회적 분열을 조장하고 무엇보다 '남성인권운동'이라는 것은 터무니없다는 점에서였다. 영화를 평가하는 사이트에서 대중들의 평점은 대체로 좋은데, 영화관련 온라인 SNS인 레터박스Letterboxd에서는 유저들의 평가가 좋지 않은 편이다.

여성우월주의는 '여성이 남성보다 선천적으로 우월하다'는 것을 표방하는 사상이다. 페미니즘이 과연 '남녀평등주의'를 말하는 것인지 아니면 '여성우월주의'를 말하는 것인지에 대해서는 생각해 볼 필요가 있다. 페미니즘과 여성 우월주의는 다른 개념이지만 요즘은 안타깝게도 '페미니즘'이라 부르고 '여성 우월주의'로 읽히는 양상을 보이고 있다는 점이 안타까움을 자아내고 있다.

미국의 스탠드 업 코미디언 빌 버Bill Burr는 풍자와 블랙 코미디를 재치 있게 다루는 코미디언이다. 극심하게 호불호가 갈리지만 '말빨' 하나는 타의 추종을 불허하는 천재적인 독설가이다. 그가 호주의 스탠드 업 코미디 쇼인 〈World Comedy Unplugged〉에 출연해 'Women's privileges'라는 주제로 공연을 진행하면서부터 '뷔페미니즘'이란 말이 탄생했다. '뷔페미니즘'은 자칭 페미니스트들이 권리에 따르는 책임은 거부하고 혜택만 선택적으로 추구하는 것을 조롱하는 속어이다. 즉, 뷔페에서 맛있는 음식만 골라먹는 것처럼 자기에게 이득이 될 만한 것들은 평등을 이유로 요구하면서 정작 평등을 주장해서 불리해질 만한 사안에 대해서는 침묵과 회피로 대처對處하는 경향의 페미니즘이라는 뜻으로 흔히 페미니즘을 비꼴 때 쓰는 말이다. 영어권에서는 'Woman Card'라는 말이 비슷한 뜻으로 사용된다. 페미니즘을 근거로 들어 남성과 여성의 동일함과 평등한 대우를 외치지만 직업이나 상황에 필요한 책임과 능력의 미달 문제는 회피하며 이에 따른 역차별도 의도적으로 회피하는 모순을 보여 대중에 속물

적 인상을 준 것이 어원이다.

세상을 살아가면서 좋은 인연을 만나기는 하늘에 별 따기만큼이나 어려운 법이다. 하지만 그것보다 더 힘든 일이 있다. 바로 안 좋은 인연을 끊어내는 것이다. 사람은 본디 나에게 결핍되어 있는 것을 상대에게서 찾으려고 하는 심리가 있다. 내가 가지고 있지 않은 장점을 상대가 가지고 있으면 찰거머리처럼 달라붙어 도무지 떨어질 생각을 안 한다. 이때 과감하게 인연을 청산할 용기도 때로는 필요하다. 짧은 세상 좋은 인연만 만나고 살아도 부족한데, 안 좋은 인연을 군이 계속 만나며 시간을 낭비할 필요가 없다. 아무리 노력해도 나와 맞지 않는 상대를 설득하고, 맞춰가며 만나는 것보다는 그 시간을 좋은 인연과 함께하는 의미 있는 시간에 투자해보는 것이 어떨까? 멀리서 찾지 말고 가장 가까운 친구이자 인생의 동반자인 부부가 함께하는 시간을 통해 그 시간을 만들어 나가는 것도 좋은 방법이다.

가정에서 부부의 역할은 일부 나누어져 있다. 하지만 직장생활을 하며 돈을 벌어오는 것은 남편이 할 일이고, 집안에서 가사家事를 돌보는 것을 부인의 역할로 군이 나눌 필요는 없다. 지금이 쌍팔년 시대도 아니고 맞벌이가 흔해지고, 때로는 남편이 전업주부인 경우도 심심찮게 볼 수 있으니 말이다. 눈에 보일 때 내가 먼저 하고보면 상대가 조금 편해질 것이니 서로를 위해 조금씩 더 노력하는 자세가 필

요할 것이다. 우리가 더 이상 페미니스트Feminist가 아닌 패밀리스트
Familist:가족주의로 살아가면 어떨지 한 번 생각해봐야 할 시점이다.

16

여보, 죄송하지만……

말 한마디로 천 냥 빚을 갚을 수 있는 방법

집안이 편안하려면 부부지간에 소통이 있어야 한다. 소통疏通은 뜻이 막히지 아니하고 잘 통하여 서로 오해가 없는 것을 말한다. 올바른 소통은 내 말만 하는 것이 아니라 상대의 말을 들어주는 것이다. 상대의 말을 듣기 싫어하고 귀를 닫아버리면 소통이 안 된다. 바깥일이 바쁘다고 밖으로만 나돌며 부부가 소통을 하지 않으면 아무리 착하고 현명한 부인이라도 처음에는 그저 참고 참으며 그냥 그렇게 살겠지만 결국에는 속이 곪아서 감정의 골이 깊어지게 마련이다. 성자聖者가 아닌 다음에야 시간이 지날수록 무심한 배우자를 원망하며 마음은 멀어지고 집안이 풍비박산風飛雹散 날 것은 불을 보듯 뻔하다. 풍비박산이라는 표현이 과하다면 무미건조한 부부 사이로 이어진다고 해두는 것이 좋겠다.

주위를 둘러보면 일을 한다는 핑계로 또는 취미생활을 한다는 핑계로 부부 간의 소통에 소홀한 경우가 있다. 집안 단속은 뒷전이고 밖으로만 나도는 경우가 있다. 이런 경우 이야기를 해주어야 하나 말아야 하나 고민되는 경우가 있다. 좋은 의미로 받아들이면 문제가 없지만 본인이 생각하고 싶은 대로 생각하고 안 좋은 의미로 받아들인다면 말하지 않느니만 못하게 되어버리니 개입하기가 조심스럽다. 삶은 어차피 각자도생各自圖生하는 것이니 곁에서 살짝 힌트만 줄 뿐 깊이 개입은 하지 않으려 한다. 모쪼록 현명한 처신으로 사회생활과 가정이 편안하길 바란다. "몸을 닦고 집을 안정시킨 후 나라를 다스리며 천하를 평정한다"는 뜻인 "수신제가 치국평천하修身齊家 治國平天下"라는 말과 "가화만사성家和萬事成"이라는 말을 염두에 두고 항상 집안을 먼저 돌보는 삶을 살아가는 것이 좋겠다. 나 역시 한동안 집안을 돌보지 않고 바깥으로 나돌았던 경험이 있는 사람으로서 이 글을 쓰는 내내 마음이 편치 않고 가슴 한곳이 뜨끔거린다. 같은 실수를 반복하지 않고 살아갈 수 있도록 이 글을 쓰며 다시 한 번 다짐을 하며 반성한다.

어느 날 거실에 앉아있던 나에게 아내가 말을 건넸다.

"여보. 죄송하지만……"

"네. 왜요?"

"음…… 아니. 당신이 어제 술을 마시고 친구 부인에게 장난을 치

던데, 아무리 친해보여도 그 모습이 그리 좋아보이지는 않았어요. 그런 모습을 조금만 자제하면 어떨까 싶어서요."

"네…… 당신 눈에 그렇게 보였다면 별로 좋은 모습은 아니었던 것 같네요. 당신 말이 맞아요. 친할수록 더 조심해야 되는데, 앞으로 조심할게요."

"네. 고맙습니다."

"당신이 왜 고마워요? 이렇게 말해주는 당신이 있어서 내가 더 고맙죠. 근데 당신 말을 너무 예쁘게 하는 거 아니에요? 당신처럼 그렇게 말하는데 안 들을 남편이 어디 있겠어요."

아내가 조심스레 말을 건네기에 무슨 말인가 싶었다. 전날 친구와 술을 한 잔 했는데, 친구 부인과 내 아내가 차를 운전해서 남편들을 데리러 왔다. 오랜만에 친구 부인을 봐서 반가운 나머지 "아이고. 제수씨 오랜만입니다. 한 번 안아봅시다."라고 한 것이 그다지 좋아 보이지 않은 모양이다. 아무리 친해도 어찌 보면 큰 결례일 수도 있다. 예전에 내가 만나던 나이 많은 선배들이 있었는데, 그때 그 선배들이 내 부인을 포함한 후배들의 부인에게 그렇게 한 것이 기억에 남아 있어 무의식중에 그대로 따라한 것이 아닌가 싶어 뜨끔했다. 그 당시 부인은 웃으며 대했지만 선배들의 그런 행동을 많이 싫어했던 것으로 기억한다. 아무리 친해도 지인의 부인에 대한 친근함의 표현이라 하기에는 실례일 수 있다. 며칠 후 친구의 부인을 다시 만난 자리에서 그날의 그런 행동에 대해 정중히 사과한 것은 말할 것도 없다. 나의 그런 행동에서 예전 선배들의 모습이 투영되어 부인이 얼마나 불쾌했을 지를 생각하니 미안한 마음이 더했다.

같은 말이라도 아 다르고 어 다르다고 한다. 부하직원에게도 "김 대리. 이것 좀 해."가 아니라 "김 대리님. 이것 좀 해주세요." 또는 "김 대리님. 이것 좀 해주시면 안 될까요?"라고 하면 받아들이는 사람의 기분이 천지 차이일 것은 두 번 말하지 않아도 알 수 있다. 아이들에게 말을 할 때도 마찬가지다. "숙제 빨리 해라."가 아니라 "숙제부터 하고 놀면 어떨까?", "숙제부터 빨리 하고 놀면 좋지 않겠니?"로 말습관을 고쳐본다면 좋겠다. 말하는 이도 듣는 이도 서로가 기분 좋은 이 방법을 군이 안 쓸 이유가 없다. 그냥 말을 했어도 별 상관이 없지만 "죄송하지만……"으로 시작하는 부인의 말은 더 귀담아 들을 수밖에 없었고, 이 사람이 나를 얼마나 존중하는지를 새삼 느낄 수 있었다.

말이라는 것이 참으로 오묘하고도 어렵다. 말을 많이 하다 보면 세 가지 현상을 발견할 수 있다. 하나는 말을 통해 스스로 해답을 찾아나가는 것이다. 말이 말을 만드는 것이다. 가지를 치듯 말을 통해 또 다시 새로운 이야기가 형성된다. 내가 전혀 생각지도 못했던 것들이 말에 옷이 덧입혀지듯 새로운 이론理論 :Theory과 해석을 만들어낸다. 철학자들이 끊임없는 토론을 통해 진리를 발견해 나가는 것과 같은 이치다. 다른 하나는 말을 통해 스스로가 딜레마에 빠진다는 것이다. 말을 많이 하다보면 내가 말해놓고도 잊어버리는 경우가 간혹 있다. 말을 많이 할수록 실수를 많이 하게 되는 것이 바로 그것이다. 쉽게 내뱉은 말에는 허점이 많다. 말은 적게 하고 듣기를 많이 하라는 것에서 그 이유를 찾을 수 있다. 마지막 하나는 말을 통해 내 안의 지식이 증발하는 느낌이 든다는 것이다. 아이들에게 입 벌리고 있으면 머릿속에 있는 것이 다 빠져나간다고 하는 것과 같은 이치다. 말을 많이 하면 마치 내 안의 모든 지식이 상대에게 다 옮겨가 전이轉移되는 느낌이 든다. 이런 생각이 든 찰나 내가 과연 얼마나 많은 지식이 있기에 마치 날아갈까 아까워서 입을 꾹 다물어버리고 만다. 이후 잠시 동안 혼자만의 우스운 시간이 이어진다.

말이 가지는 힘이 어떠한지는 다들 알고 있다. 그리고 비언어적 요소가 언어적 요소보다 더 힘이 있다는 것도 익히 알고 있는 사실이다. 말을 하되 '입'으로만 말하지 말고 '눈'과 '표정'과 '몸짓'을 포함해서 말해 보면 어떨까. 내 '입'을 다스리는 것이 나일 수 있지만 나중에는 내가 뱉은 '말'이 나를 다스릴지도 모른다. 사람의 생각은 평소 그가 만나는 사람으로 인해 형성되고, 사람은 외모는 평소 먹는 음식대로 형성된다. 어린 시절의 생각은 부모님과 친구들로 인해 형성되고, 나이가 들어가며 주변인으로 인해 생각이 형성된다. 이상하게도 외국에 오래 산 한국 사람들을 보면 혼혈이 아님에도 불구하고 그곳 원주민들과 생김새가 비슷하게 닮아가는 것을 볼 수 있다. 그것을 보면 몸과 땅은 둘이 아니고 하나라는 뜻의 '신토불이身土不二'라는 말이 괜히 생겨난 게 아닌 것 같다. 사람이 생활하는 땅과 먹는 음식으로 인해 외모가 다르게 형성되는 것이 신기하기만 하다. 내가 먹는 음식이 나를 만들어 지금의 나를 존재하게 만든다. 마찬가지로 내가 하는 말이 나를 만드는 것이니 함부로 말하지 말고 좋은 말을 하는 습관을 가져보는 것이 좋겠다.

언젠가부터 카페에 가면 아르바이트생들이 커피에도 존칭을 쓰는 것을 볼 수 있다. 흔히 쓰는 말 중 하나가 "커피 나오셨습니다."이다. "커피 나왔습니다."라고 하면 손님들이 왜 반말을 하냐며 따지는 것에서 비롯되었다고 하니 모두들 대접받고 싶은 마음이 얼마나 큰지를 알 수 있는 한 대목이다. 아르바이트생이 내 자식이나 조카라고 생각하면 있을 수가 없는 일인데, 우리나라 사람들의 '내로남불'은 정말 타의 추종을 불허한다. 커피에도 존칭을 써가며 대접받기를 원하는 그들이 과연 집에서 부모님과 배우자와 자녀들에게 사용하는 말은 어떠할지 사뭇 궁금하다. 내가 대접받기를 원한다면 먼저 상대를 대접하는 언어습관을 사용하는 것이 좋다.

구이경지久而敬之라는 말이 있다. 사람을 오래 사귀어도 항상 공경으로 대하라는 뜻이다. 하지만 사람들과 조화로운 상태를 유지하면

114

서 서로 배려하고 존중하며 살아간다는 것은 말처럼 쉬운 일이 아니다. 바로 인간관계라는 것이 세상에서 가장 힘든 일 중 하나이기 때문이다. 세상을 산다는 것은 결국 얼마나 좋은 인간관계를 맺고 유지하는 것인지가 관건關鍵이다. 인간관계의 핵심은 배려와 공경恭敬이다. 우리는 많은 것을 보고, 듣고, 느끼며 살아가지만 세상에 내 생각과 같은 사람은 없다. 모두의 생김새가 다르듯 살아가는 모습도 모두가 다르다. 살아가는 사고방식이 다르고 성격 또한 다르다. 이렇게 서로 다른 사람들이 만나 살아가는 세상이지만 올바르게 살아가는 비결이 있다. 서로를 '존중'하고 '배려'하는 마음을 우선으로 하는 것이 기본이자 아름다운 인간관계를 유지하는 첫걸음이다. 막말을 하지마라. 언젠가는 그것이 독이 되어 분명히 나에게 화살로 되돌아온다. 부부간에는 아무리 화가 나도 막말을 해서는 안 된다. 상대를 배려하는 말 한마디로 스스로의 품격을 높이는 것이 좋지 않을까. 말은 적게 하라고 하지만 좋은 말일수록 많이 하면 좋다. 친절한 말 한마디가 상대방의 하루를 바꿀 수 있다. 내일 아침에는 따스한 말 한마디로 우리 가족의 하루를 바꾸어보는 것도 좋겠다.

17

일상을 개그처럼

매일 유머가 가득 넘치는 삶을 살 수 있다면

개그 욕심이 넘치는 나는 집에서도 끼를 주체하지 못하고 몸 개그와 언어유희를 섞어서 가족을 재미있게 해주기 위해 노력한다. 사실 즐겁게 해주기 위해서라기보다는 스스로가 재밌어서 하는 경우가 많다. 나도 재밌고 그런 모습을 보며 가족도 즐거워하니 그야말로 금상첨화다. 많은 대한민국 국민들이 즐겨 본 개그콘서트의 '달인'이라는 프로그램이 있다. 애청자였던 나는 그 프로가 끝났을 때 많이 서운했다. 그래서인지 집에서도 늘 '달인'을 떠올리며 개그를 하는데, 가족이 그런 나를 보며 개그프로를 보는 것처럼 재밌어하니 덩달아 신이난다.

어느 휴일 오전에 아내가 책에 빠져 있는 나에게로 와 뜬금없이 발바닥에 간지럼을 태웠다. 평소 간지럼을 잘 안타는 내가 이상하게 그날따라 간지러워서 둘이 낄낄거리고 있었다. 웃음소리를 듣고 사랑하는 아들이 나타나 둘이서 내 양쪽 발을 잡고 간질여서 다 같이 한참을 웃었다. 이처럼 몸이든 언어유희든 사소한 것들도 웃음의 소재로 삼을 수 있으니 뭐가 되었건 다 같이 한번 웃을 기회를 자주 만들어보면 좋겠다. 어떤 개그 소재의 시작에는 늘 달인에서 처음에 소개하듯 '16년'이라는 기간과 함께 '앞뒤가 전혀 안 맞는 호號'가 붙는다. 그 이후에는 서로 주거니 받거니 하며 아무 말 대잔치를 이어간다.

많이 해본 솜씨로 아들이 자연스럽게 사회자를 자처自處하며 나를 소개한다.

"자. 16년 동안 단 한 번도 간지럼을 타 본 적이 없는 무통無痛 박석현 선생을 소개합니다."

"네. 안녕하세요."

"선생님께서는 16년 동안 단 한 번도 간지럼을 타본 적이 없다고 하셨는데요."

"아 네. 제가 작두는 많이 탔어도 간지럼은 단 한 번도 타본 적이 없습니다."

"그럼 조금 전에 발바닥을 간질였을 때는 뭔가요? 막 웃으시며 간지럼을 탄 것 같은데…… 아닌가요?"

"아 조금 전 그건 간지러워서 그랬던 게 아닙니다. 마침 예전에 엄청나게 웃겼던 일이 있었는데, 그게 생각이 나서 웃은 겁니다. 발바닥을 간질인 줄도 몰랐네요. 조금 전에 무슨 일이 있었습니까?"

　'가장家長'이라는 사람은 보호자이기도 하지만 때로는 스승이나 친구이기도 하고 때로는 기꺼이 나를 내려놓고 코미디언도 되어야 한다. "소문만복래笑門萬福來"라고 하지 않나. 좋은 약을 백 번 먹는 것보다 한 번의 웃음이 더 큰 효과가 있다고 하니 가족의 박장대소拍掌大笑를 위해 이 한 몸 웃긴 사람이 되어 희생해보면 어떨까. 이 모든 것을 다 하고 살려면 머리 아프다 생각할 수도 있다. 하지만 습관이 되면 그냥 일상생활에서 자연스레 모든 것들이 나오게 되어 이보다 쉬운 일도 없게 된다. 더구나 우리나라 사람은 세상 누구보다 흥이 많고 잘 노는 민족이다. 조금만 노력해 본다면 생각보다 쉽게 코미디언이 될 수 있으니 시도해보기를 바란다. 매번 무뚝뚝하고 근엄하기만 한 남편이자 아빠라면 아내와 아이들도 집에서 별 재미가 없을 테니 말이다. 평소 가족의 니즈Needs를 파악해서 거기에 잘 맞춰주기만 하면 되고, 유튜브를 보며 연극이나 코미디에 나오는 짧은 퍼포먼스를 익혀 가족에게 한 번씩 써먹으면 된다. 나는 예전부터 개그 욕심이 많아서 일부러 그것들을 기억했다가 가족에게 뜬금없는 개그를 선사하곤 한다. 그것을 재밌게 봐주는 가족이 있어 고마울 따름이다.

　아래 소개되는 글은 임진왜란 당시 이순신 장군과 선조의 상황을 재미있게 그려보았다. 가족이 거실에 둘러앉아 이야기를 나누던 중 사랑하는 아들과 주거니 받거니 하며 나온 말들인데 혼자 알고 있기 아까워 소개한다. 논픽션Nonfiction: 사실과 픽션Fiction: 허구의 경계를 절묘하게 넘나드는 이야기이다. 정신 똑바로 차리고 읽지 않으면 무엇이 진실이고 무엇이 허구인지 많이 헷갈릴 수 있으니 정신 단단히 차리고 읽어야 할 것이다.

1545년생인 이순신 장군께서는 1552년생인 선조보다 나이가 7살 많다. 한마디로 형이라는 말이다. 임진왜란 당시 왜구가 쳐들어오자 왕이 걱정된 이순신 장군이 선조에게 말했다.

"뒤지기 싫으면 나가 있어"(영화 〈해바라기〉 中)

그러자 선조가 서둘러 피난을 떠나며 이순신 장군의 어깨를 짚으며 말했다.

"형 고마워"(영화 〈해바라기〉 中)

선조가 도성을 버리고 의주로 피난을 간 후 가만히 생각을 해보니 왕 체면에 자존심이 너무 상하는 것이었다. 아무리 그래도 내가 왕인데 신하들 앞에서 대놓고 '뒤지기 싫으면 나가 있어'라고 했으니 그 체면이 얼마나 구겨졌겠는가 말이다. 이순신 장군에게 '빅 엿'을 선사할 요량으로 한참을 고민하던 선조는 관리官吏들을 시켜서 이순신 장군을 괴롭히기로 계획했다. 한창 왜구와 전쟁 중인 이순신 장군에게 한지韓紙를 만들어서 올리라고 하고, 왜구들에게 노획한 군수물자를 올려 보내라고 했다. 가뜩이나 전쟁을 치르기에도 정신이 없는데 조정에서는 말 같지도 않은 지시를 계속 내려 보내니 그 당시 이순신 장군의 마음이 오죽했을까 싶다. 내부에도 적이고 외부로부터 밀려오는 적을 막기에도 정신이 없었던 이순신 장군은 어느 날 '한산섬 달 밝은 밤에 수루에 혼자 앉아, 큰 칼 옆에 차고 깊은 시름에 잠겨있던 차'에 갑자기 열이 뻗쳐서 선조가 도망간 곳을 바라보며 큰 칼을 내팽개치고 목 놓아 한 마디 외쳤다.

"꼭 그렇게 다 가져가야만 속이 후련했냐!!"(영화 〈해바라기〉 中)

그 당시 텔레파시가 통했던지 선조는 의주에서 한밤의 별을 바라보며 여유롭게 산책을 하다가 갑자기 귀가 간지러워 새끼손가락으로 귀를 판 후 손가락을 후 불며 혼잣말을 중얼거렸다.

"갈 땐 가더라도 한지 한 장 정도는 괜찮잖아!~"(영화 〈신세계〉 中)

선조가 이순신 장군에게 군수물자와 한지를 만들어 올리라고 계속 독촉을 했으나 이순신 장군이 올려 보내는 것이 점차 늦어지자 신하를 내려 보내 이순신 장군에게 말을 전했다.

"왜 이렇게 일이 늦는 것이오? 군수물자와 한지를 바쳐 올리라고 한 것이 언제인데…… 허허 참."

그러자 이순신이 한마디를 했다.

"맷돌 손잡이 알아? 맷돌 손잡이를 어이라고 해. 맷돌에 뭘 갈려고 집어넣고 맷돌을 돌리려고 하는데 손잡이가 빠졌네? 이런 상황을 어이가 없다고 해. 황당하잖아. 아무것도 아닌 손잡이 때문에 해야 될 일을 못하니까. 지금 내 기분이 그래. 하!~ 어이가 없네."(영화 〈베테랑〉 中)

당황한 신하는 다시 선조에게 가서 그대로 고告했다. 이순신 장군의 평소 성향을 아는지라 선조는 할 수 없이 이순신 장군과 어느 장소에서 접선을 해서 한지와 군수물자를 직접 받기로 했다. 보통은 신하가 먼저 나와 기다리는 것이 관례慣例인데 선조가 먼저 와서 한참을 기다렸다. 한참을 기다려도 이순신 장군이 나타나지 않자 선조가 화가 나서 책상을 쾅 치면서 말했다.

"아니 도대체 이 나라가 어떻게 돌아가기에 임금이 먼저 와서 기다리는 것인가?"

그 순간 이순신 장군이 문을 빼꼼 열면서 선조를 쳐다보며 말했다.

"뭐 어떻게 돌아가긴요. 잘만 돌아가지요. 마마. 이제 말년 아니십니까? 집에 갈 양반이 왜 아직도 실세놀이하고 계십니까? 모르셨습니까? 말년은 민간인이라 왕 대접 없지 말입니다."(넷플릭스 웹드라마 DP 中)

'원균'이 수군통제사를 하며 칠천량해전에서 일본군의 교란작전에 말려 참패한 적이 있는데, 그때 생각이 나서 겁이 난 나머지 선조가 이순신 장군에게 한마디 했다.

"제발 그만해. 나 무서워. 이러다가는 다 죽어. 다 죽는단 말이야. 나 너무 무서워. 그만해."(넷플릭스 웹 드라마 〈오징어 게임〉 中)

아내와 역사 이야기를 하며 시작된 것인데, 아들이 합류하여 끝없이 패러디가 이어지는 바람에 온 가족이 한참을 웃었다. 역사적 인물 중 우리가 가장 사랑하고 존경하는 성웅聖雄 이순신 장군을 패러디

한 것이라 호불호好不好가 있을지도 모르겠으나 개그는 개그로만 받아들이면 좋겠다. 그저 웃자고 지어낸 이야기일 뿐이다.

영국의 한 의과대학에서 웃음에 대해 연구하다가 "어린아이는 하루에 평균 400~500번을 웃는데, 장년이 되면 이 웃음이 하루에 15~20번으로 감소한다."는 사실을 밝혀냈다. 돌이켜 생각해보면 어렸을 때는 많이도 웃었던 것 같다. 여고생들은 떨어지는 낙엽만 봐도 깔깔거리며 웃는다지 않는가. 어렸을 때 그렇게 잘 웃던 사람들이 나이가 들어가며 웃음을 잃어가는 이유는 경험에서 오는 미래에 대한 불안과 염려 때문이라고 한다. 긍정적 사고의 전도사로 유명한 미국의 노먼 빈센트 필 박사는 《쓸데없는 걱정》이란 글에서 다음과 같이 밝히고 있다.

"우리가 하는 모든 걱정 중에서 절대로 발생하지 않을 사건에 대한 걱정이 40%, 이미 일어난 사건에 대한 걱정이 30%, 신경 쓸 일이 아닌 작은 것에 대한 걱정으로 22%, 우리가 바꿀 수 없는 사건에 대한 걱정이 4%, 그리고 우리가 바꿀 수 있는 사건에 대한 걱정이 4%이다."

사람마다 정도의 차이는 있겠지만, 정말 걱정해야 될 것은 4% 정도뿐이라는 것이다. 하지만 사람들은 96%의 불필요한 걱정 때문에 기쁨도, 웃음도, 마음의 평화도 잃어버린 채 살아가고 있는 것이다.

나는 가족과 지인들에게 말한다. '걱정을 해서 해결이 되면 하루 종일 걱정을 하되 해결이 되지 않으면 걱정은 짧게 하고 행동을 빨리해서 문제를 해결하라'고 말이다. 유머는 가족 간의 정감을 넘치게 하는 윤활유 역할을 한다. 나 하나 기꺼이 희생해서 배우자를 잠시나마 웃을 수 있게 만들어보자. 시름은 조금 덜고 웃음은 조금 더해 오늘도 품격 있는 웃음과 함께하는 하루가 되기를 바란다.

part **3**

가을

서로를 이해하고
한 곳을 바라보는 부부는
그렇게 닮아간다.

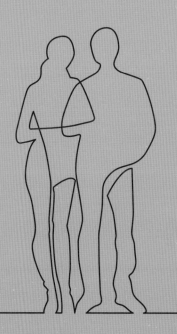

18

꾸밈없는 사이

꾸밈없는 사이어야 하지만 최소한은 꾸밀 줄 아는 사이가 되어야 하는 부부

카페에서 글을 쓰다보면 가끔 주위에서 하는 말에 귀가 기울어진다. 그것이 지금 내가 쓰고 있는 주제와 맞닿아 있다면 더욱 그러하다. 한번은 중년의 여성들이 카페에 앉아서 대화를 나누는데, 그중 한 사람이 "이상하게 어느 날부터 유난히 남편이 꼴 보기 싫다."고 말하는 것이 들려왔다. 그도 그럴 것이 사람은 간사하기가 그지없어서 늘 내 곁에 있는 것은 당연한 것으로 알고, 소중한 줄을 모르는 법이다. 혹시라도 배우자가 집을 나가거나 없어져 봐야 비로소 소중함을 느끼는 것처럼 말이다. 호기심에 고개를 들어 옆을 바라보니 그 말을 하는 부인의 행색이 가관이었다. 추리닝 차림에 화장도 하지 않고 머리도 부스스한 그 모습을 보고 '과연 당신의 남편은 당신을 어떻게 생각할까?'라는 말이 목구멍까지 솟아 올라오는 것을 간신히 참았다.

126

간혹 남편들도 마찬가지로 말한다. "어느 순간부터 아내가 꼴도 보기 싫고 여자로 느껴지지 않는다."고 하는 말을 들은 적이 있다. 농담 삼아 "가족끼리 그러는 거 아니야."라고 하는 말 속에 어쩌면 더이상 이성으로 느껴지지 않는다는 마음이 담겨 있을지도 모르겠다. 화장을 하지 않은 얼굴에 무릎이 툭 튀어나온 추리닝을 입고 부스스한 머리로 집안을 돌아다니는 여인이 보기에 썩 좋을 리는 없다. 최소한 입술이라도 바르고 눈썹이라도 그리고 있는 모습이 남편이 보기에 어떠할지는 본인이 스스로 판단하는 것이 좋다. 혹시라도 이 글을 읽고 풀 메이크업을 한 후 파티드레스를 입고 시장에 나가는 것도 보기에 나쁘지는 않겠으나 항상 너무 오버하다가는 탈이나니 각자 알아서 하기를 바란다.

자식은 부모의 생활습관을 보고 자란다. 자라며 무의식중에 부모의 평소 모습을 그대로 따라한다. 자식은 부모의 그림자를 보고 자란다지 않는가. 세상에서 가장 무서운 것이 무의식에서 우러나는 행동이다. 내 어머니는 평생 흐트러진 모습을 보이지 않으셨다. 늘 늦게 잠드시고 일찍 일어나시기도 하지만 항상 단정한 매무새로 계시는 모습이 나에게는 깊이 각인刻印이 되었다.

결혼을 하고 나면 서로가 조금은 편해진다. 하지만 서로 편해졌다고 해서 막 해도 된다는 뜻은 아니다. 아무렇게나 방귀를 뀌고 트림을 하는 것이 보기에 썩 좋지는 않다. 물론 부인은 나의 동반자이자 세상에서 가장 소중한 사람이다. 그리고 부부의 사랑의 결실인 아이를 낳아준 정말 사랑스럽고 고마운 존재다. 하지만 수컷들은 '아내'이기 이전에 '여자'이기를 바란다. 집에서는 살림을 잘하는 가정주부의 모습을 원하고, 모임에서는 현모양처의 모습을 보이길 원하고, 밤에는 섹시한 여인의 모습을 바라는 것이 많은 남편의 바람일 것이다. 참 어렵고도 어려운 것이 아내의 길이다. 다 잘하기는 힘들겠지만 외적으로나 내적으로 '최소한의 꾸밈'은 서로를 위한 배려가 될 수 있을 것이다. 사랑하는 것과 나의 습관을 모두 이해하고 봐주길 바라는 것은 다른 개념이다. 남편의 사랑이 식었다고 생각된다면 먼저 나 자신을 한번 돌아보는 시간을 가져보는 것은 어떨까?

이즈음 되니 부인들의 원성이 여기까지 들려오는 듯하다. 글 하나 잘못 쓰고 대한민국 모든 부인들에게 원성을 들을 생각을 하니 남은 앞날이 깜깜하다. 보험을 들어두는 차원에서 한마디 덧붙이자면 남편도 마찬가지다. 남자는 나이가 들면 자연스레 홀아비 냄새가 나게 마련이다. 〈사랑이 무서워〉라는 영화에서 임창정 배우의 방에 엄마 역할을 맡은 김수미 배우가 들어가서 말하는 것을 떠올리면 금방 알 수 있다.

"털 빠지는 거봐. 다리 들어봐. 아유, 털 봐. 짐승 털갈이 하냐? 사람 사는 방에 웬 쉰내가 나냐, 개밥 쉰내가 나냐."

여자는 나이가 들어도 혼자 살 수 있지만 남자는 혼자서 살기가 힘든 법이다. 나이가 들어 서로가 지긋지긋해져 버림받아 혼자 살고 싶지 않으면 남자도 평소 가꾸어야 한다. 자주 씻고 자주 가꾸자. 집에 널브러져 있는 남동생 같은 모습만 보이기보다는 평소 나를 단장하고 멋있는 남자의 모습을 보여주자. 배우자는 부모가 아니다. 모든 것을 다 이해해주리라 생각지 말자.

진정한 사랑은 상호간의 배려다. 배려가 따르지 않는 생활은 이내 시들해지기 마련이다. 배우자를 위한 배려는 자기 자신을 끊임없이 가꾸고 다스리는 것으로부터 시작된다. 그것이 비단 외적인 것만은 아닐 것이다. 집에서 양복을 입고 있으라는 것이 아니니 혹시라도 양복을 입고 머리에 무스를 잔뜩 바른 채 거실에 누워 과자를 먹으며 TV를 시청하는 일은 결단코 없기를 바란다. 좋은 아내와 살고 싶으면 먼저 나 자신이 좋은 남편이 되어야 한다. 왜냐하면 부부란 내 부름에 대한 응답이기 때문이다. 끼리끼리 어울린다는 말도 여기에 근거를 두고 있지 않겠나.

박희준 시인이 쓴 〈하늘 냄새〉라는 시가 있다.

사람이 하늘처럼 맑아 보일 때가 있다.

그때 나는 그 사람에게서

하늘 냄새를 맡는다.

사람한테서 하늘 냄새를 맡아 본 적이 있는가?

스스로 하늘 냄새를 지닌 사람만이

그런 냄새를 맡을 수 있을 것이다.

– 중략 –

　개밥 쉰내보다야 하늘 냄새가 백 번 낫지 않겠나. 요즘은 개밥도 잘 나온다고 말하면 할 말이 없다. 나 스스로가 하늘 냄새가 나는 사람이 되도록 노력해보자. 누군가의 이익은 누군가의 손해로 귀결된다. 이는 사회생활을 하면서도 마찬가지고 결혼 생활을 하면서도 마찬가지다. 내가 조금 편하자고 하면 그만큼 상대는 힘들게 된다. 반대로 내가 조금 피곤해지면 상대는 그만큼 편하게 되니 이를 명심하여 조화로운 중용中庸을 만들어가는 것이 좋겠다. "와 우리남편 멋있다." 는 소리를 들을 수 있도록 스스로를 가꿔보자. 나 스스로를 가꾸는 것이니 아까워 할 필요는 없지 않겠나.

　서로에게 꾸밈없는 사이가 되어야 하지만 서로를 위해 최소한은 꾸밀 줄 아는 사이가 되는 것이 좋겠다. 개밥 쉰내? 생각만 해도 아찔하다.

각방 쓰는 부부

상대의 생활습관을 존중해야하는 이유

나는 어린 시절부터 혼자서 잠을 자는 습관이 들어서 누가 곁에 있으면 잠을 쉽게 이루지 못한다. 민감한 성격 탓도 있을 것이다. 신혼 초에는 조그만 집에서 살림을 시작했는데 잠을 자다가 내가 새벽에 거실로 나와서 잠을 자면 아내가 나를 쫓아오곤 했다. 그렇게 밤새 숨바꼭질을 하다 보면 잠을 자는 둥 마는 둥해서 아침에는 늘 다크서클이 눈 아래까지 내려와 피곤한 하루가 시작되었다. 옆에 사람이 조금이라도 뒤척이면 금세 깨서 이마를 만져보고 이불을 덮어주는 등 밤새 옆 사람 신경을 쓰느라 잠을 푹 자기가 힘들었다. 그렇게 밤새 도망 다니며 숨바꼭질을 하다 보니 아내도 어느 순간 익숙해진 것인지 자연스레 각방을 쓰게 되었다. 내가 각방을 쓴다고 하면 주위에서는 다른 건 몰라도 부부가 잠은 항상 같이 자야 된다고 조언을 한다. 하지만 다음날 피곤해서 생활이 제대로 되지 않았기에 우리 부부는 서로의 생활습관을 존중하기로 했다. 처음에는 아내도 각방을 쓰는 것에 불만이 있었지만 오랜 시간 습관이 되다보니 이제는 혼자 잠을 자는 것이 숙면에 도움이 된다며 나 홀로 잠자리를 선호한다. 그렇게 서로의 습관을 존중하고 하나씩 맞춰가며 지금까지 결혼생활을 잘 해올 수 있었다. 나의 잠자리 습관을 존중해주는 아내가 그저 고마울 따름이다.

세상만사가 모두 생각하기 나름이다. 각방을 쓴다고 해서 불만을 가질 것이 아니라 '편안하게 숙면을 취할 수 있어서 좋다'고 생각하면 그 또한 즐거울 것이다. 비가 온다고 탓할 것이 아니라 '비 덕분에 산천초목이 촉촉해지고 가뭄도 해소 된다'고 생각하면 한결 기분이 좋다. 아침에 알람소리를 듣지 못해 늦게 일어나 여느 때보다 서둘게 되더라도 이미 일어난 상황만 탓할 것이 아니라 '늦잠을 잔만큼 푹 쉬었다'고 생각하면 하루를 기분 좋게 시작할 수 있다. 하긴 아침에 알람소리를 듣지 못해 늦게 일어나는 것만큼 당황스럽고 황당한 일도 없을 것이나 관점觀點을 조금만 바꾸어 생각하면 좋지 않다고 생각되는 것들이 오히려 도움이 되는 경우가 지천至賤에 널렸으니 생각의 폭을 조금 더 넓혀 볼 필요가 있다.

주위에 물어보면 생각보다 각방을 쓰는 부부가 많다. 아이가 태어나서 아이의 생활습관에 맞추다 보니 서로를 배려하여 한 사람이 아이와 함께 자면서 자연스레 각방을 쓰는 경우가 있다. 남편이 코를 많이 골아서 각방을 쓰는 경우도 있다. 한 사람이 몸에 열이 많아서 따로 자는 경우도 있고, 부부 중 일찍 출근하는 사람이 있어서 서로의 아침잠을 보장해주기 위해서 각방을 쓰는 경우도 있다. 각방을 쓴다고 부부관계가 나빠질 것이라고 생각하는 사람도 있다. 하지만 각방各房이라는 단어가 주는 부정적인 의미가 있어서 그렇지 서로의 생활습관을 존중하며 각방을 쓰는 것도 나쁘지 않다. 잠만 따로 자는 것이지 다른 것은 달라진 것이 없다. 밤새 충분한 숙면을 취한다면 오히려 스트레스가 해소되어 부부관계가 더 돈독해 질지도 모르니 각방을 쓸까말까 망설이는 분들은 한번 시도해보기를 바란다. 조금 더 행복한 부부관계를 위한 전제조건으로 각방을 쓰라고 권유하는 것이지 앞뒤 안 가리고 다짜고짜 각방부터 쓰기 시작한다면 멀쩡했던 부부관계가 파국破局으로 치달을 수도 있으니 내가 처한 상황을 고려해서 신중하게 결정하길 바란다.

코를 유난히도 많이 고는 지인은 언제부터인가 부인에게 쫓겨나 작은 방이나 거실에서 잠을 잔다고 한다. 가끔 본인의 코고는 소리에 놀라서 깬다고도 하니 옆에서 자는 사람은 얼마나 고역苦役이겠는가. 각방을 쓴다고 해서 사랑하지 않는 것이 아닌 것처럼 같이 방을 쓴다고 해서 꼭 더 사랑하는 것도 아니다. 그저 잠만큼은 편안하게 자자는 말이다.

부부 각방은 일방적인 통보가 아닌 서로의 공간에 대한 존중을 바탕으로 충분한 대화 후에 이루어져야 한다. 대화를 충분히 나누었다면 오늘 한 번 용기를 내어 배우자에게 말을 건네 보자.

"여보, 우리 각방 쓸까요?"

미처 먼저 말하지 못했던 배우자가 두 손을 들고 환영할지도 모르고, 의심의 눈초리를 보내며 들고 있던 주걱으로 뺨을 후려칠지도 모르겠다. 뒷일은 책임질 수 없으니 부디 본인의 안위安危를 생각하며 신중히 알아서 잘 처신하기를 바란다. 하긴 '알아서 잘' 하는 것만큼 세상에 어려운 일도 없다.

20

누구나 한번쯤
생각하는 외도外島

살면서 누구나 한번쯤은 외도를 생각한다고?

"여자의 지조志操는 남자가 빈털터리가 되었을 때 드러나고, 남자의 지조는 그가 모든 것을 가지게 되었을 때 드러난다."는 말이 있다. 지조란 '원칙과 신념을 굽히지 아니하고 끝까지 지켜 나가는 꿋꿋한 의지'를 말한다. 남자가 돈이 떨어지면 돈 많은 다른 남자를 찾아 떠나는 여자가 있고, 어느 날 갑자기 성공해서 조강지처를 버리고 더 젊고 예쁜 여자를 찾아가는 남자도 있다. 남자가 모든 것을 다 가져도 한 여자만 바라보면 지조가 있는 것이고, 그 남자가 모든 것을 잃었을 때 여자가 안 떠나면 지조가 있는 것이라 해석된다.

세상이 급변하고 물질만능주의 사회로 변해감에 따라 살아가면서 우리가 지켜야 하는 원칙과 신념도 요즘 시대에 맞게 재해석 된다.

그냥 웃자고 만든 말이라 치부置簿하기에는 많은 이들이 공감하는 말이라 요즘 현실을 신랄하게 반영하는 듯하다. 우리가 살아가며 정말로 중요하게 생각하고 지켜야 할 것이 무엇인지를 곰곰이 한번 생각해볼 필요가 있다. 간혹 스펙과 조건으로 배우자를 선택하는 경우가 있다. 그런 경우 만일 그 배우자가 직장을 잃고 벌이가 없어진다면 그때도 여전히 그를 사랑할 수 있을까? 이성 간에건 동성 간에건 서로에게 신뢰를 지키고 살아가는 것만큼 중요한 것도 없다. 특히 부부 간의 신뢰는 더욱 그러하다.

보통 부부간의 신뢰가 깨지는 경우는 '거짓말'로부터 시작된다. 상대의 외도外道가 그중 가장 큰 거짓말에 포함된다. 한번 금이 간 부부의 신뢰는 단기간에 해결되지 않는다. 특히 외도로 인한 상처는 믿었던 만큼 그 상처도 크기에 오랜 기간을 두고 천천히 상처를 봉합해야 한다. 서로가 함께 노력해야만 이 아픔을 극복할 수 있다. 본인이 저지른 잘못에 대해 진심으로 사과를 해야 하고 상대는 그것을 용서함과 동시에 무엇이 배우자의 외도라는 그릇된 선택으로 이어졌는지를 돌이켜보아야 한다. 용서하지 않고 단번에 헤어지는 것은 각자의 선택이다. 하지만 어렵게 만나 맺은 인연이 한 번의 실수로 남남이 되기에는 아쉬움이 남지 않을지 스스로 생각해 봄직하다. 부부가 함께 마음을 터놓고 마음속에 묻혀둔 이야기를 나누려는 노력이 필요하다. 신뢰를 깨지 않는 것이 가장 좋은 방법이겠지만 결혼생활을 하다보면 몇 번의 고비를 맞이한다. 이 고비를 부디 인내와 용서와 서로에 대한 믿음을 바탕으로 현명하게 이겨나가길 바란다.

전라남도 여수에 '또 하나의 가족'이라 부르며 우리 가족과 친하게 지내는 한 가족이 있다. 남편이 어느 날 갑자기 생각이 나서 메모지에 버킷리스트를 쓰다가 잠이 들었다고 한다. 버킷리스트의 내용에는 '지리산 천왕봉 종주, 외도, 야구장 가기, 가족 헌법 만들기' 등이 적혀 있었다. 남편이 곤히 잠든 새벽에 부인이 그 쪽지의 내용을 보았다. 그리고 화들짝 놀라서 새벽 두 시에 남편을 깨웠다. '외도'. 바로 그것이 문제였던 것이다. 부인은 깊은 새벽 곤히 잠든 남편을 깨워 다짜고짜 이게 뭐냐고 물었고, 남편은 귀찮다는 듯이 돌아누웠다. 부인이 계속 추궁을 하자 남편이 고개를 돌리며 한 마디 했다.

"아 글쎄 외도外島. 외도 가보고 싶다고. 거제도 외도에 한 번 가보고 싶다고!!!"

그렇다. 경상남도 거제시 한려해상국립공원에 속한 섬인 외도를 가보려고 적어둔 것을 그만 오해한 것이다. 이 에피소드를 듣고 보니 예전에 이 분이 나에게 '외도'에 가보고 싶다고 말한 것이 생각이 났다. 설마 '외도外道'를 하고 싶어서 '외도'라고 써놓았을까. 그 이후 이 가족은 '외도'를 다녀왔다고 한다. 다녀온 소감을 물어보니 "외도에 가서 싸운 기억밖에 없다."고 말해 한참을 웃었다. 외도外道하는 것도 힘들지만 외도外島를 다녀오는 것도 무척이나 힘든 일인가보다.

가끔 상대가 말을 하지 않아도 들리는 '마음의 소리'가 있다. 그것은 상대의 평소 말 습관이나 모습이 투영되어 자연스레 느낄 수 있는 것이다. 상대의 상태나 표정만 봐도 대번에 알 수 있다. 보통은 부모가 자식을 바라볼 때 궁예弓裔: 후고구려의 건국자로 빙의하여 이런 관심법觀心法을 많이 사용하곤 한다. 그런 나와 마찬가지로 상대도 이따금 내 마음의 소리를 들을 수 있을지 모른다. 그래서 평소 말투를 포함한 생활습관과 행동거지를 조심해야 할 필요가 있다. 속내를 들킨다는 건 벌거벗은 것만큼이나 민망한 일이 아닌가. 가끔 내 마음의 소리에 귀를 기울여보는 것도 좋겠다. 그리고 설령 내 마음의 소리가 상대에게 들리는 것 같다고 해도 평소의 행실을 올바로 했다면 그다지 꿀릴 것도 없지 않겠나. 그렇다면 오히려 내 마음의 소리를 상대가 들어주기를 내심 바랄지도 모르겠다. 잠깐의 오해로 마음의 소리를 미처 듣지 못한 보고 싶은 '또 하나의 가족'은 오늘 하루도 잘 살아내고 있는지 궁금하다.

'한 사람만 사랑할 수 있는 심장'이라는 닉네임을 사용하는 사람을 본 적이 있다. 평생 동안 단 한 사람만을 사랑할 수 있을까? 아무리 힘들고 외로워도 죽을 때까지 단 한 마리의 암컷만 바라보며 진정한 사랑을 실천하는 동물이 있다. 많이 알려져 있다시피 그것은 바로 늑대다. 늑대는 자신의 암컷을 위해 목숨까지 바쳐 싸우는 동물이다. 또한 평생 한 마리의 암컷만을 사랑한다. 그러다가 암컷이 먼저 죽으면 가장 높은 곳에서 목 놓아 울어대며 슬픔을 토한다. 그리고 어린 새끼를 홀로 돌보다가 새끼가 성장하면 암컷이 죽었던 곳으로 가서 자신도 굶어 죽는다. 늑대의 삶을 돌이켜보면 남자를 함부로 늑대에 비유比喩하는 것을 자제할 필요가 있을 것 같다. 남자가 늑대만큼만 살아간다면 여자는 울 일이 없을 것이니 말이다.

부부는 서로에게 자존심을 세우지 않아도 될 만큼 가까운 사이지만 각자 서로의 자존심은 지켜줘야 하는 사이다. 내 자존심을 세우지 말고 상대의 자존심을 지켜주자. 결혼생활은 미성숙한 인격체가 만나서 성숙한 인격체가 되어가는 과정이다. 세상에 함부로 대해도 될 사람은 아무도 없다. 또한 배우자는 모든 것을 용서해주는 부모가 아니다. 아무리 가까운 부부 사이라고 해도 서로 예의를 지키며 무엇보나 중요한 '신뢰'를 바탕으로 살아가는 것이 좋다.

그나저나 외도가 그렇게 좋은가? 언제 한번 시간을 내어 사랑하는 배우자와 외도에 한번 다녀오는 것도 좋겠다.

21

함께 카페에 가는 부부

우리는 왜 부부끼리 카페에 가는 것일까?

우리 부부는 종종 카페에 들러 차를 마시며 이런저런 이야기를 나눈다. 아내와 카페에 간다고 하니 지인이 "와이프와 무슨 카페에 가냐"며 타박 아닌 타박을 한다. 내가 글이라는 것을 쓰기 전에는 카페는 여성들의 전유물專有物로만 생각했다. 남성들이 술집에 가는 것처럼 여성들은 카페에서 만나 시간을 보내는 것으로 생각했던 적이 있었다. 식사 한 끼 정도의 비용을 지불하며 왜 카페에서 차를 마시는지 이해하기 힘들었다. 지나가면서 카페를 쳐다보면 많은 이들이 시켜놓은 음료를 사이에 두고 마주앉아 각자의 핸드폰을 만지작거리는 모습을 볼 수 있었다. 그런 모습을 보니 더 이해가 가지 않을 법도 했다. 하지만 글을 쓰기 시작한 후 카페에 다니게 되면서 나의 그런 생각이 착각이었다는 것을 알게 되었다. 카페만이 가져다 줄 수 있는 여유와 분위기가 있었다. 사무실이나 집과는 다른 곳에서 분위기가 환기喚起되어 오히려 집중할 수 있었고, 창작創作을 위한 새로운 소재가 떠올랐다. 해리포터의 작가로 우리에게 널리 알려진 조앤 K. 롤링도 집 근처의 '엘리펀트 하우스Elephant House'라는 조용한 카페에서 글을 썼다고 하니 책을 읽고, 글을 쓰고, 대화를 나누기에 카페만큼 적당한 곳도 없는 것 같다는 생각이 들었다. 생각의 변화가 시작되었다.

1909년에 출간하여 1911년 노벨문학상을 수상한 벨기에의 극작가 모리스 마테를링Maurice Maeterlinck이 쓴 희곡《파랑새Blue bird》라는 책은 워낙 유명하니 다들 기억할 것이다. '행복'이란 이름의 파랑새를 찾아 떠나는 남매의 모험을 그린 작품이다. 남매는 파랑새를 찾아 여러 곳을 헤매지만 결국 여행 끝에 돌아온 자기 집 새장에서 파랑새를 발견하게 된다는 내용이다.

행복은 멀리 있는 것이 아니라 가까운 곳에 있다는 것을 보고, 듣고, 느끼면서도 사실 그렇게 살기가 힘든 것이 현실이다. 우리가 살아가며 '나는 왜 부자가 아닐까?', '나는 왜 유명해지지 못할까?'라고 고민하기보다는 '나는 왜 지금 즐겁지 않을까?', '나는 왜 지금 행복하지 않을까?'에 대해 고민을 더 많이 할 필요가 있다. 비록 지금의 내 삶이 지극히 평범하고, 소박할지라도 내 삶을 소중하게 여기고 만족하는 사람들이 삶에 대한 행복감을 더 많이 느끼는 법이다. 우리 인생이 즐겁고 행복해야 하는 것은 이 생生이 단 한 번밖에 없기 때문이다. 한번뿐인 인생에 언젠가는 분위기 좋은 곳에 예쁜 카페를 하나 운영하며 향기로운 커피 향과 함께하는 여유로운 시간을 즐기며 살고 싶은 것은 많은 이들이 가지고 있는 꿈이다.

어느 노부부가 평생 동안 고생하여 장만한 돈을 모아 큰 아파트를 장만했다. 최첨단 기기로 집안을 꾸미고 베란다는 카페의 테라스처럼 근사하게 꾸며놓았다. 하지만 이 부부는 이 멋진 시설을 즐길 만한 시간적 여유가 없었다. 이것들을 유지하기 위해서는 지금까지처럼 계속 일을 하여 돈을 벌어야 했기 때문이다. 하루는 남편이 출근을 했다가 집에 놔두고 온 것이 생각나서 그것을 가지러 집으로 다시 돌아갔다. 그리고 그는 충격적인 모습을 발견했다. 가정부가 클래식 음악을 틀어놓고 멋진 베란다에 앉아 커피 한 잔을 뽑아 마시며 집안의 모든 것을 향유하고 있는 것이었다.

그는 생각했다. '아!~ 내가 지금 행복한 삶을 살고 있는 것이 맞나? 무엇을 위해 이렇게 아등바등 살고 있나?' 그들은 하루 종일 밖에서 일을 하느라 정작 본인들이 장만해놓은 그 멋진 시설을 즐길 만한 시간적 여유가 없었던 것이다. 비록 이 노부부처럼 베란다를 근사한 카페의 테라스처럼 꾸미지는 못하더라도 조금만 주위를 둘러보면 우리를 대신해 이미 근사하게 꾸며놓은 카페들이 지천에 널려 있으니 그 시설을 이용해보는 것도 좋겠다.

욜로YOLO:You Only Live Once는 인생은 한 번뿐이니 현재의 행복을 중요하게 여기며 지금 당장 즐기라는 것이다. 하지만 언젠가부터 욜로라는 단어의 부정적인 의미를 더 부각浮刻하여 해석하며 현재의 즐거움과 소비만을 즐기려는 사람들이 늘어났다. 이 단어의 부정적인 의미에 현혹되어 주어진 일은 뒤로 미루고, 지금 당장의 즐거움만 쫓다보면 부작용이 생길 수 있다. 긍정적으로 해석하여 현재의 생활을 즐기고 만족하면서 목표를 이루자는 의미로 이해하면 좋겠다.

세상만사 쉬운 일이 하나도 없다. 행복하라고 했다가 갑자기 또 일을 하라고 했다가 갈피를 잡기가 힘들다. 주어진 일을 하며 순간의 행복을 즐기는 것이 쉽지는 않지만 습관을 들이면 또 그리 어렵지도 않다. 바쁜 것과 행복하다는 것은 별개로 생각해볼 필요가 있다.

바쁘다고 행복하지 않은 것도 아니고, 한가하다고 해서 꼭 행복한 것도 아니다. 사실 한가한 것이 행복과 더 멀어지는 방법일지도 모른다. 내가 아는 분은 한때 잠시 일을 쉰 적이 있었는데, 나날이 늙어가는 것이 눈에 보였다. 하지만 다시 일을 시작하면서 삶의 활력을 찾고, 생활의 즐거움도 동시에 누리는 것을 보았다.

바쁜 일상을 즐기며 보람 있는 나날을 살아가는 것이 행복의 지름길일 수도 있다. 매일 할 일 없는 지루한 시간이 반복되는 것보다 일을 할 수 있다는 것이 고맙고, 즐거운 일임에는 틀림없다. 하지만 그

일을 통해 보람과 성취감이 느껴지지 않는다면 한없이 힘들어지기도 한다. 과도한 업무에 시달리다보면 '하얗게 불태웠다'는 기분이 느껴질 때가 있다. 이때 무기력해지며 나타나는 것이 바로 '번아웃Burnout 증후군'이다.

번아웃 증후군을 극복하기 위해서는 성취감이 뒤따라야 한다. 번아웃을 극복하는 방법은 '나를 보는 연습으로 번아웃을 극복한 어느 간호사의 이야기'를 담은 장재희 작가의 《나를 돌보는 법을 잊어버린 나에게》라는 책을 참조하면 좋겠다. 일단은 나중에는 어떻게 될지 모르니 일을 즐기며 동시에 지금 당장도 즐겁고 행복하게 사는 것이 좋겠다. 어떤 상황이나 조건으로 인해 행복하고 불행한 것이 아니라 마음먹기에 따라 행복과 불행이 생기는 것이니 말이다. 행복은 결과가 아니라 세상을 살아가는 과정에서 나타나는 것이니 열심히 살아가는 매 순간 속에서 행복을 찾아야 할 필요가 있다.

조앤 K. 롤링이 글을 썼던 '엘리펀트 하우스' 카페는 그녀가 글을 쓰던 곳이라는 이유로 그 후 명소가 되었다. 이로 인해 "카페에서 자리만 차지하는 작가들을 무시하지 말라."는 우스갯소리가 생겨났다고 하니 내가 글을 쓸 수 있도록 공간을 허락해준 이 카페도 그렇게 되지 말라는 법이 없지 않겠나. 부디 이 글로 인해 한 잔의 커피라도 더 매출상승으로 이어지기를 바라며 그렇게 또 한 줄 써내려간다.

좋아하는 것은 '그 사람으로 인해 내가 행복해졌으면 하는 것'이
고, 사랑한다는 것은 '그 사람이 나로 인해 행복해졌으면 하는 것'이
라는 말이 있다. 평소 집에서 대화를 나누기 힘든 주제가 있다면 배
우자와 분위기 좋은 카페에 들러 차 한 잔 하는 여유를 가지며 대화
를 나누는 행복한 시간을 만들어보는 것을 추천한다. 그로인해 상대
가 나로 인해 행복해질 수 있는 시간을 만들어보자. 장소가 바뀌면
분위기가 바뀌고, 분위기가 바뀌면 받아들임도 달라지게 마련이다.
대화를 나누다가 시간을 내서 글을 몇 자 끄적여 보는 것도 좋겠다.
갑자기 미친 듯이 영감靈感이 떠올라 일필휘지一筆揮之를 구사하여
《해리포터》에 버금가는 명작名作이 나올지도 모르니 말이다. 사람 일
어떻게 될지 아무도 모른다는 선조들의 말씀이 문득 생각난다. 조만
간 시간을 내어 사랑하는 배우자와 카페에 한 번 들러보자.

　뜻하지 않은 여유로움과 더불어 친화親和의 시간이 만들어질지도
모르니 말이다. 나는 이 글을 읽는 여러분이 행복을 찾아다니는 사람
이 아니라 스스로 행복을 만들어가는 사람이 되기를 진심으로 바란
다. 집근처 카페 매상에 기여하여 지역경제 발전에 조그마한 도움도
되고, 사랑하는 이와 함께하는 행복한 시간도 덤으로 얻을 수 있으니
그야말로 일석이조가 아닐까?

　　"어리석은 자는 멀리서 행복을 찾고, 현명한 자는 자신의 발치에
　　서 행복을 키워간다."

'The foolish man seeks happiness in the distance, the wise grows it under his feet.'

– 제임스 오펜하임James Oppenheim

22

취미로 하나 되는 부부

삶을 한방에 정리하는 지극히 의미 있고, 지극히 어려운 내용

책마다 다르겠지만 평균적으로 한 권의 책을 읽으면 독자가 얻을 수 있는 것이 총 내용의 4% 정도 된다고 한다. 이 목차를 쓰고 있을 때 내용이 너무 길어서 독자가 읽기에 힘들 것 같으니 내용을 줄이는 것이 좋겠다고 아내가 조언을 했다. 인내심을 가지고 이 목차를 읽으면 얻을 수 있는 것이 있을 것이지만 혹시라도 너무 길어서 읽기에 힘들다면 다음 내용으로 넘어가도 좋다. 아마 바둑에 흥미가 있는 독자라면 좀 더 쉽게 이해하고 공감하며 책장을 넘길 수도 있을 것이다.

아들이 초등학교 2학년이 되었을 무렵 집에서 바둑을 가르치기 시작했다. 바둑이라고는 기본밖에 모르는 내가 가르쳤으니 나에게 배운 그 실력이야 오죽했겠냐마는 그나마 기초 중의 기초라고 할 수 있는 단수, 축, 장문 등의 기본기 정도라도 익혔으니 그것만으로 다행이라 생각하며 위안 삼는다. 아들이 제대로 된 바둑 선생님을 만나고 그 선생님께 바둑을 배우며 바둑실력은 일취월장日就月將할 수 있었고, 딸과 아내도 선생님에게 바둑을 배우기 시작했다. 나는 따로 배우지는 않았지만 늘 아들이 수업하는 모습을 뒤에서 지켜보고 있었으니 자연스레 배움을 습득할 수 있었다. "서당 개 삼 년이면 풍월을 읊는다."는 말이 그대로 적용된 듯하다.

아내가 바둑을 배우기 시작하면서 우리는 함께 수담手談을 나누는 시간을 가졌다. '수담'이란 한자 그대로 손을 통해 나누는 대화를 말한다. '서로 상대하여 말이 없이도 의사가 통한다는 뜻'으로, 바둑 또는 바둑 두는 일을 이르는 말이다. 바둑을 두는 사람들은 대화를 하지 않고, 손으로 바둑돌을 하나씩 놓아가며 수담을 나누는 시간 속에서 상대의 기질과 의도를 알 수 있다. 구기 종목에서 상대가 공을 다루는 것을 보면 그 사람의 성향을 알 수 있다고 하는 것과 마찬가지 이치다.

바둑 하수下手 중에서도 하수인 우리 부부이지만 반상盤上: 바둑판의 위에서 '흑'과 '백'이 나누는 수담 속에서 서로의 의도를 알아챌 수 있고, 심각했다가 이내 웃음을 터트리기도 하는 것을 보면 수담이 정말 가능하다는 것이 신기할 따름이다.

바둑 이야기를 시작했으니 바둑에 관한 좋은 글을 한 번 소개할까

한다. 명언名言은 통상 '사리에 맞는 훌륭한 말'이나 '널리 알려진 말'을 뜻하는데, 나는 다음에 소개되는 말을 '명언'이라기보다는 '격언格言: 오랜 역사적 생활 체험을 통하여 이루어진 인생에 대한 교훈이나 경계 따위를 간결하게 표현한 짧은 글'이라고 해두고 싶다.

바둑을 둘 때 가장 기초적이면서도 지키기 어려운 10가지 '격언'이 있는데, 그것을 바로 '위기십결圍棋十訣'이라고 한다. 이는 인생을 살아가면서도 마찬가지지만 결혼생활을 해나감에 있어서도 덕목으로 삼고 실천하면 좋을 것 같다. '바둑 둘 때 마음에 새기고 있어야 할 10가지 교훈' 또는 '바둑을 잘 두기위한 10가지 비결' 즉, '바둑의 10계명'이라고 말할 수 있다.

'위기십결'을 만든 사람은 근래까지는 중국 당나라 때의 시인이자 당 현종의 '기대조棋待詔: 황제의 바둑 상대역을 맡는 벼슬의 일종'를 지냈던 바둑 고수 왕적신王積薪이라는 것이 정설로 되어 있었다. 하지만 1992년 여름, 대만의 중국교육성 바둑편찬위원인 주명원朱銘源이 '위기십결은 왕적신이 만든 것이 아니라 송나라 때 사람 유중보劉仲甫의 작품'이라는 새로운 학설을 제기함에 따라 현재 위기십결의 원작자가 누구냐 하는 문제는 한, 중, 일 바둑사史 연구가들의 숙제로 남아 있는 상태이다.

1. **부득탐승**不得貪勝 – 승리를 탐내면 이기지 못한다. 욕심을 버리라는 말이다. 욕심을 내고 승부에 집착할수록 아무것도 얻지 못하고

오히려 일을 그르치기가 쉽다. 사람을 만날 때도 욕심을 버려야 한다. 사실 세상은 가만히 있는데, 내가 만들어가는 욕심 때문에 모든 근심 걱정이 시작된다. 너무 이기려고만 하다가는 그르치기 십상十常이다. 바둑은 승부를 다투는 게임이므로 바둑을 둘 때는 필승의 신념을 갖고 자신 있게 두어야 하지만 '필승의 신념'과 '이기려고 하는 마음'은 다른 것이다. 필승의 신념이 있으면 과감하게 나가야 할 때 과감할 수 있고 모험을 해야 할 상황이라면 모험도 불사할 수가 있다. 그러나 꼭 이기고 싶어 하는 마음은 '결코 져서는 안 된다', '내가 지면 어떡하나' 하는 마음인데, 이런 마음은 처음부터 부담감으로 작용되어 바둑을 원활하게 둘 수가 없게 된다. 하지만 사실 사람인지라 그것이 말처럼 쉬운 것은 아니다. 오랜 기간 인격수양을 해도 도달하기 어려운 경지다. 〈위기십결〉의 원작자가 바둑을 잘 두기 위한 10가지 비결 중에서도 바둑의 기술적인 내용들은 뒤로 넘기고 '부득탐승'이라는 마음의 자세를 제일 위에 놓은 것도 아마 실천하기가 가장 어려운 항목이라고 생각했기 때문일 것이다. 부부간에도 이기려고 하는 마음은 내려놓도록 하자. 그저 상대에게 최선을 다하려고 하면 그것으로 그만이 아닐까? 누군가를 '좋아하면' 욕심이 생기지만 '사랑하면' 그 욕심을 포기하게 된다. 삶이 힘들 때는 지나친 욕심 때문은 아닌지 한번쯤 생각해 볼 필요가 있다.

2. 입계의완入界誼緩 - 상대의 경계를 넘어 들어갈 때는 기세를 누

그리고 천천히 행동해야 한다는 뜻이다. 포석布石: 중반전의 싸움이나 집 차지에 유리하도록 초반에 돌을 하나씩 떨어트려 놓는 일이 끝나고 나면 상대방 진영과 우리 진영 사이의 경계가 윤곽을 드러내는데 바로 그때 서두르지 말라는 것이다. 세상만사 결코 서둘러서 좋은 일은 없지 않은가. 사람은 누구나 내 집보다는 남의 집이 커 보이는 법이다. 내 집만 크게 키우는 방법이 없을까를 심사숙고하기 시작하는데, '입계의완'은 바로 그때 '그래서는 안 된다는' 것을 가르치고 있다. 결국 '입계의완'이 추구하는 것은 '정확한 형세판단을 할 수 있는 경지'로 보인다. 이는 결혼생활에서도 마찬가지이다. 인내하고 절충하여 서로 타협의 방안을 찾고, 나아가 중용의 단계에서 조화로움을 추구하는 것이라고 할 수 있다. 배우자가 화가 나서 이야기를 할 때는 '입계의완'을 생각하며 나를 조금 누그리고 천천히 행동하는 현명한 처세를 해보는 것이 어떨까. 바둑에서 가장 중요하고도 어려운 것이 각자의 수읽기, 전투력 등의 기량이 총체적으로 드러나는 '형세판단'이라고도 하니 '입계의완'을 〈위기십결〉의 두 번째로 둔 것이 실로 용의주도하다.

3. 공피고아攻彼顧我 - 상대방을 공격하기 전에 반드시 자신의 약점을 먼저 살펴라. 과연 나에게 약점은 없는지? 혹시 반격을 당할 여지는 없는지를 꼼꼼히 살펴 본 후에 공격을 하라는 가르침이다. "겨묻은 개가 똥 묻은 개 나무란다."는 속담처럼 원래 사람은 상대의 아픔은 보지 못해도 내 손가락 끝에 박힌 조그만 가시는 크게 느끼는

법이다.

나는 욱하는 성격 때문에 종종 아내에게 상처를 준다. 하나하나 따지며 추궁하듯 내뱉은 말로 인해 상처받은 아내를 바라보면 이내 미안한 마음이 들어 사과를 하곤 하지만 그것으로 상처받은 아내의 마음이 쉽게 치유되지는 않을 것이다. 내가 뭐가 그리 잘났다고…… 금세 후회하는 나를 돌아보며 '공피고아'의 자세를 다시 한 번 되새기며 마음을 다잡는다. 배려와 품격이 담긴 말로 조용히 이야기를 풀어나가야 할 것이다. 부부간에는 내 결함을 먼저 살피고 난 후 상대에게 할 말을 하자. 하긴 내 결함을 안다면 스스로 부족함을 느껴 배우자에게 딱히 할 말이 없을지도 모르겠다. 스스로를 돌보지 못하면서 남의 허물만 들추어낸다면 실로 어리석다고 아니할 수 없겠다.

4. 기자쟁선棄子爭先 – 버릴 것은 버리더라도 선수先手: 먼저 두는 것를 잡아야 한다. 나의 돌 몇 점을 희생시키더라도 선수를 잡는 것이 중요하다는 뜻이다. "하수는 돌을 아끼고 상수는 돌을 버린다."는 바둑 속담이 있다. 불가佛家의 선문답禪問答을 연상케 하는 중국의 섭위평 9단이 승부의 좌우명으로 삼고 있는 말이 바로 "버려라. 그러면 이긴다."이다. 조치훈 9단과 중국의 섭위평 9단은 '기자쟁선'을 가장 멋지게 보여 주는 대표적인 프로기사이다.

세상에서 가장 버리기 힘든 것 중 하나가 바로 '자존심'이다. 돈, 명예, 품격 모두 버릴 수 있어도 알량한 자존심만큼은 버리기 힘든 것이 사람이다. 지금 당장 화가 나더라도 내 자존심을 굽히고 상대에게 하고 싶은 말을 참으면 머지않아 '선수'를 잡을 수 있다. '선수'를 잡은 이후 차근차근 나누는 대화를 통해 조화로운 관계를 만들어 가 보면 어떨까. 그런 면에서 본다면 내 아내는 가히 '기자쟁선'의 고수라 할 수 있겠다.

5. 사소취대捨小取大 - 작은 것은 버리고 큰 것을 노려야 한다. 소탐대실小貪大失: 작은 것을 탐하다가 큰 손실을 입는다과도 유사한 뜻인 이 말은 바로 위의 '기자쟁선'과 일맥상통하는 말이다. 어떻게 보면 너무나도 당연한 것이나 말처럼 그렇게 쉬운 것은 아니다. 왜냐하면 사람이 승부에 너무 집착하게 되면 평정심을 잃어버리고 판단력이 흐려질 수 있다. 항상 냉정하게 생각하고 눈앞의 작은 이익보다는 멀리 내다보고 생활하는 지혜가 필요할 것이다.

'마시멜로의 법칙'을 다들 알고 있을 것이다. 마시멜로라는 유혹이 주어졌을 때 이 유혹을 참고 인내하면 추후에 더 큰 보상을 받을 수 있지만 보통은 당장 눈앞의 유혹에 흔들리는 경우가 많다. 아이들이 지키기 힘들다지만 사실은 성인들도 눈앞의 유혹에 흔들려 훗일을 도모하지 못하는 경우가 종종 있다. 부부 간에도 눈앞에 보이는 상대의 사소한 실수를 트집 잡아 서로의 감정을 상하게 하기보다는 멀리 내다보는 혜안을 가지고 생활한다면 더 큰 이익이 곧 다가올 것은 자명自明한 사실이다.

여기까지 살펴보니 왠지 모르게 바둑이 우리 인생사와 참으로 많이 닮아있다는 생각이 든다. 흔히들 말하길 바둑은 인생의 축소판이라 하는데 개인적으로는 그 말에 이견異見이 없다. 바둑의 기원설로는 여러 가지가 있는데 그 가운데 지금까지 가장 널리 알려진 것은 고대 중국의 요堯·순舜 임금이 어리석은 아들 단주丹朱와 상균商均을 깨우치기 위해 만들었다는 설이 있다. 그렇다면 기원전 2,300년 전 요왕이 아들을 위해 바둑을 발명했다는 추정이 가능하다. 이처럼 오래된 역사를 가지고 있고 70여 개 국가에서 4천만 인구가 즐기는 바둑이라는 것에 어찌 인생의 축소판이라 칭할 만한 다양한 지식과 지혜가 들어가지 않았을 수 있겠나. 그럼 다음으로 남은 〈위기십결〉을 마저 살펴보자.

6. 봉위수기逢危須棄 - 위험을 만나면 과감히 돌을 버린다는 뜻으로 아무리 달아나도 결국에는 잡힐 바에야 차라리 버려야 한다는 뜻이다. 위기에 처할 경우에는 모름지기 버리는 현명함을 알아야 한다는 것인데, 바둑에는 '곤마'라는 것이 있다. '두 집을 갖지 못해 살기 어렵게 된 말'을 뜻하는데, 바둑은 '두 개의 집'이 생겨야 비로소 죽지 않고 집으로 인정이 된다. 두 눈을 갖지 못했다면 그야말로 언제 죽을지 모르는 풍전등화風前燈火 신세가 된다. 물론 바둑을 두며 곤마가 생기지 않게끔 하는 것이 최선이지만 바둑을 두다 보면 할 수 없이 곤마가 몇 개쯤 생기기 마련이다. 곤마를 잘 살펴보고 살 수 있는

길이 있다면 살려야 하지만 그렇지 않거나 만약 살리더라도 다른 '큰 대가代價'를 치러야 한다면 과감하게 버리는 것이 최선이다. 작은 것을 살리려고 하다가는 결국 대마大馬: 큰 집를 잃을 수 있으니 냉정한 결단은 빠르면 빠를수록 좋을 것이다. 부부도 마찬가지 아닌가? "사소한 일에 목숨을 걸지 말라"는 말이 있다. 사소한 것은 그냥 지나치면 될 것을 늘 사소한 것에 큰 의미부여를 하여 긁어 부스럼을 만든다. 상대의 사소한 실수는 알아도 모르는 척 그냥 넘어가자. 부디 부부간에도 '곤마'는 버리고 '실리'를 추구하는 것이 좋겠다.

    7. 신물경속愼勿輕速 – 바둑을 둘 때 경솔하게 빨리 두지 말고, 한수 한 수 신중히 생각하며 두어야 한다는 말이다. 〈위기십결〉의 그 첫번째인 '부득탐승'과 함께 바둑의 정신적인 자세를 가르치는 말이다. 〈위기십결〉의 원작자가 바둑을 두는 마음가짐에 대한 중요성을 강조한 데는 아무래도 '부득탐승' 하나만으로 부족하다고 느꼈을지도 모르겠다. 많은 아마추어 바둑 동호인들이 바둑 한판을 10~15분 만에둘 수 있다고 자랑삼아 이야기하는데 이는 결코 자랑이라 말할 수 없다. '속기速棋'라 일컫는 '빨리 두는 바둑'은 어느 정도 경지에 오른다면 가능할 수도 있다. 하지만 빨리만 두고 매번 지기만 한다면 그야말로 우스운 일이다. 바둑이든 인생이든 서로에게 하는 말 한마디와행동 하나에 신중을 기한다면 그것이야 말로 '신물경속'의 경지에 이른 것이 아니겠는가.

8. 동수상응動須相應 – 돌을 움직일 때는 주위의 돌과 호응해야 함을 이른다. 내가 둔 바둑알 한 개 한 개가 생명력이 있는 것처럼 서로 유기적인 관계를 형성한다고 하여 바둑은 살아 움직이는 유기체와 같다고 말한다. 바둑돌 하나를 놓듯 우리 인생도, 부부 사이도 조심조심 한 걸음씩 나아간다면 서로 간에 실수하는 일이 줄어들지 않겠나 싶다.

9. 피강자보彼强自保 – 상대방이 강하면 스스로를 먼저 보강하여 수비에 힘써야 한다. 다윗왕의 반지에 새겨진 "이 또한 지나가리라This too shall pass."는 문구가 생각나는 대목이다. 잘나간다고 자만하지 말고 못나간다고 위축되지 마라. 항상 스스로를 먼저 돌보는 현명함을 가져야 할 것이다. 상대방이 강하다는 생각이 들면 먼저 스스로를 돌보고 어떻게 그 돌파구를 찾을 것인지 생각해보아야 한다. 부부관계에 있어서도 결코 강한 상대에게 무작정 맞서려고 하지 말고, 스스로를 되돌아보고 훗날을 도모하자. 스스로를 먼저 돌보고 상대방에 대한 해답을 찾아야 한다. 세상사 무리해서 좋을 것은 없지 않은가.

10. 세고취화勢孤取和 – 적의 세력 속에서 고립돼 있을 때는 먼저 살아 둬야 한다. 흔히 결혼생활을 하며 시댁이나 처갓집과의 관계에서 상대방 집안의 세력 속에 나 혼자 있다는 생각이 들 때 '세고취화'라는 말이 생각날 수도 있겠다. 어렵게 생각하지 마라. 일단 내가 살

아야 훗날을 도모할 수 있다. 어찌되었건 살아남아라. 살아남아야 결혼생활도 바둑도 훗날을 도모할 수 있다. '존버'라는 말도 있지 않나. 버티는 것만이 해답이다. 인생사 고진감래苦盡甘來가 아니던가.

나이가 들어갈수록 부부간에 같은 취미를 가지라고 한다. 가장 좋은 것이 운동이라고 생각할 수도 있으나 '세상에 가장 좋은 취미'라는 것은 지극히 개인취향이다. '정적'인 취미 하나와 '동적'인 취미 하나쯤 함께 나누며 살아간다면 취미를 통한 좋은 공감대를 형성할 수 있을 것이다. 바둑과 같은 정적인 취미이건 운동 같은 동적인 취미이건 일단 함께 무언가를 한다는 것만으로도 서로가 공감대를 형성하고 보다 뜻 깊은 결혼생활을 해나갈 수 있을 것이니 부디 부부가 함께 취미생활을 해볼 것을 적극 추천한다.

23

연을 날리듯

어렵게 잡은 인연을 멀리 보내지 않는 방법

동음이의어同音異義語나 리듬을 이용하여 재미있게 꾸미는 말의 표현을 '언어유희言語遊戲'라고 한다. 요즘엔 '드립'이라고도 한다. 나는 언어유희를 즐겨하는 편이다. 평소에 글을 쓰거나 메일을 보낼 때 항상 사전을 뒤져보며 단어의 정확한 뜻을 찾아보는 것을 이십 년이 넘게 습관처럼 해왔더니 단어가 가진 의미들이 서로 겹쳐져 자연스레 언어유희를 즐기게 되었다.

불교에서는 눈 깜짝할 사이를 '찰나'라고 한다. 그리고 손가락 한 번 튕기는 시간을 '탄지'라고 한다. 숨을 한 번 쉴 만한 아주 짧은 시간은 '순식간'이라고 한다. 반면에 힌두교에서 말하는 '겁劫: Kalpa'은 우주의 창조와 파괴가 반복된다는 기간으로 어떤 시간의 단위로도 계산할 수 없는 무한히 긴 시간. 즉, 하늘과 땅이 한 번 개벽開闢한 때에서부터 다음 개벽할 때까지의 긴 시간이라는 말이다. 이는 힌두교에서 말하는 우주의 창조신인 '브라흐마Brahma'의 하루와도 같다. 힌두교에서는 43억2천만 년을 '한 겁'이라고 한다. 진정 우리가 생각조차 할 수 없는 상당한 시간이다. 살면서 만나는 많은 사람들을 '겁'의 인연으로 표현하는 말이 있다. 오백 겁의 인연이 있어야만 옷깃을 스칠 수 있고, 이천 겁의 세월이 지나야 하루를 동행할 수 있는 기회가 생기고, 오천 겁의 인연이 되어야 이웃으로 만난다고 한다. 육천 겁 넘는 인연이 되어야 하룻밤을 같이 지낼 수 있게 되며, 억겁의 세월을 넘어서야만 평생을 함께 살 수 있는 인연이 된다고 하니 부모와 자식 간에는 과연 몇 억겁의 인연이 있었을까 싶다. 우리가 살아가며 만나는 모든 사람들이 참으로 놀라운 인연으로 얽혀 있다고 할 수 있겠다. 비록 스쳐지나가는 정도의 짧은 인연이라고 해도 최소 천겁 이상을 뛰어넘은 인연으로 만난 사람들이라 생각한다면 인연의 소중함이 그 어찌 놀랍지 않을 수 있겠나. 참으로 겁怯:Terror나는 것이 바로 인연이라 할 수 있겠다.

억겁의 세월을 뛰어넘어 만나 부부의 '연緣'을 맺는다고 한다. 그리고 아이들이 하늘로 날리며 가지고 노는 '연鳶'이 있다. '뜻'은 다르지만 '음'은 같은 이 두 '연'이 어찌 보면 통하는 구석이 있는지도 모르겠다. 아이들은 내 손안에 있는 '연鳶'을 최대한 멀리 날리려고 노력한다. 자주하지 않아 어설픈 연날리기 실력이기도 하지만 바람이 도와주지 않아 멀리 날아가지 않고 계속 땅으로 곤두박질치는 연이

야속하기만 하다. 하지만 바람만 제대로 불어준다면 저 멀리 아주 멀리 날아가 이내 창공을 훨훨 날아다니는 연을 발견할 수 있다. 반면에 연애를 하고 있는 연인들은 부부가 되기 위해 저 멀리 있는 '연緣'을 가까이 당겨오려고 무던히도 애를 쓴다. 연을 가까이 당겨오기 위해서는 인내와 희생이 없이는 힘들다. 또한 가까이 당겨온 연이 다시 멀리 날아가지 않도록 많은 관심과 노력을 기울여야 한다. 그 노력은 아이들이 연을 멀리 보내기 위해 인내하는 시간과도 닮았다.

깨끗하다는 것은 무엇을 말하는 것일까? 눈에 보이면 더러운 것이고, 눈에 안 보이면 깨끗한 것이다. 마찬가지로 모르면 좋은 것이고 알아서 나쁜 일들이 있다. 때로는 모르면 더 행복한 일이 있다. 바로 원효대사의 해골 물에서 그 답을 찾을 수 있다. 이 세상에 완전무결한 사람은 없다. 나만 깨끗하다고 착각하는 순간 내로남불의 딜레마가 시작된다. 삶을 괴롭게 만드는 상황은 참으로 다양하지만 사실은 상황 자체보다는 그 상황들 속에서 느끼는 감정이 나를 계속 괴롭게 만든다. 어렵사리 가까이 당겨온 연이라면 상대를 더욱 존중하고 아끼는 마음이 앞서야 한다. 상대의 잘못과 과거를 캐내는 것은 어리석은 일이다. 특히 부부 사이에서는 더욱 그러하다. 물론 인간의 호기심으로 인해 인류가 이만큼 발전하기도 했지만 때로는 판도라의 상자처럼 호기심이 모든 것을 망치기도 한다. 우리는 호기심에 알려고 하고, 알고 난 뒤에는 후회하는 경우가 많다. 나중에 후회할 일이라

Eduard Ritter, *Portrait of Anton Zhuber and his Wife Theresia Zhuber*

부부가 함께하는 소중한 시간을 마치 아이가 연을 날리듯
인내와 배려와 사랑을 보태 살아보면 어떨까?
머지않아 그 연이 곧 나에게 화답할 것이다.
평생의 아군이자 좋은 인연으로 함께할 것이다.

면 굳이 알려고 할 필요가 없지 않을까? 안 보이거나 모르면 깨끗한 것이니 말이다. 한강에 나룻배가 수없이 다녀도 흔적이 없다는 것은 모두가 아는 사실이다. 가까운 사람에게는 노출하거나 추궁하지 않는 것이 좋다. 부부 간에는 더 말할 나위가 없다. 모르는 게 약이라는 말도 있듯이 말이다. 아는 순간 행복은 사라지니 상대방이 들어서 안 좋은 이야기는 무덤까지 가져가라. 이것이 만고불변의 진리임을 꼭 명심해야 한다.

연을 날리다보면 자연스레 하늘을 쳐다보게 된다. 오늘 하루 동안 나는 하늘을 몇 번이나 바라보며 지냈던가? 시월의 문턱에 들어서니 문득 차가워진 바람이 느껴진다. 해가 지고, 달이 뜨고, 또 여름이 와서 더웠다가 겨울이 다가와 추워지는 현상을 그저 당연하게 받아들이지 말자. 지구의 자전과 공전에 의한 영향으로 지구가 하루에 한 번씩 돌고, 태양과 가까워졌다 멀어지는 것을 반복하기 때문이라 생각한다면 세상의 이치가 늘 당연한 것만은 아닐 것이다. 가만히 둘러보면 주위는 참으로 신비로운 것들로 가득 차 있다. 단지 내가 자각自覺하지 못하는 것이 아닐까? 지금 한번 하늘을 올려다보자. 그리고 마음속으로 연을 한 번 날려보자. 끊어질 듯 말듯 가느다란 실로 이어진 그 연을 조금씩 당겨온 후 품에 담은 뒤 지금 내 곁에 있는 소중한 연을 한번 돌아보자. 아이가 고사리 같은 손으로 정성스레 날린 연鳶과 내 곁에 있는 소중한 연緣은 그렇게 닮아 있다.

부부가 함께하는 소중한 시간을 마치 아이가 연을 날리듯 인내와 배려와 사랑을 보태 살아보면 어떨까? 머지않아 그 연이 곧 나에게 화답和答할 것이다. 평생의 아군이자 좋은 인연으로 함께할 것이다. 이번 주말에는 오랜만에 연을 날리며 인연에 대해 생각할 시간을 가져보는 것도 좋겠다.

24

타임 슬립 하는 법

정말 타임 슬립 하는 법을 알려준다고?

아내와 나는 좋아하는 영화의 취향이 비슷하다. 〈첫 키스만 50번째〉, 〈어바웃 타임〉, 〈내 아내의 모든 것〉 같은 로맨틱 코미디를 즐겨본다. 그 중에서도 〈타임 슬립〉 영화를 유난히 좋아하는데, 한 번은 아내와 타임머신에 대해서 이야기를 한 적이 있다. 혹시 이 세상에 타임머신이 있다고 생각하는 사람이 있는지 모르겠다. 결론부터 말하자면 나는 타임머신은 있다고 생각한다. 아니 정확히 말하자면 '타임머신'이라기보다는 '타임 슬립'이 가능하다고 생각한다. '타임 슬립'은 시간을 거스르거나 앞질러 과거 또는 미래에 떨어지는 일을 말한다. 다소 황당한 말로 들릴 수도 있겠지만 '타임머신'을 이용한 '타임 슬립'이 아닌 내 머릿속으로 하는 내 생각이 움직이는 '타임 슬립'을 말하는 것이다.

인간은 누구나 죽기 직전에 많은 후회를 한다. 아무리 잘 살았어도 후회는 남기 마련이다. 살면서 '유체이탈'이라는 말을 흔히 들어본 적이 있을 것이다. 그럼 지금의 나를 죽기 직전의 나로 한번 데려가 보자. 그리고 죽기 직전의 나를 '유체이탈'이 된 상태로 바라보며 대화를 나눠보자. 내가 그때는 왜 그렇게 했을까? 왜 그런 선택을 했을까? 그때 왜 더 많이 사랑해주지 못했을까? 왜 더 많이 아껴주지 못했을까? 분명 많은 후회가 남을 것이다. 그 이후 미래의 나를 다시 지금 이 순간으로 데려와 보자.

자. 어떤가? 많은 생각이 들지 않나? 짧은 순간의 '타임 슬립'으로 인해 당신은 바로 지금 이 순간 더 '잘 살 수 있는 방법'을 스스로 찾을 수 있을 것이다.

우리 부부는 주로 내가 주도권을 가지고 살아가는 편이다. 사랑싸움을 함에 있어서 더 많이 사랑하는 사람이 '약자'라는 말이 있다. 아무래도 연애할 때부터 신혼 초까지 아내가 나를 더 많이 사랑했던 것 같다. 그때부터의 생활이 습관이 되어서 그런지 지금도 아내는 내 의견에 큰 이견異見을 제시하지 않는다. 지금은 누가 더 많이 사랑하는지 모를 정도로 서로를 많이 아끼고 존중하지만 말이다. 하지만 예전부터 습관이 되어서 그런지 지금도 아내는 나에게 많이 져주며 살아가고 있는 것 같다. 사실 나만 잘 모르고 있지 차근차근 조용히 이야기를 하며 나를 요리조리 유도하는 아내가 삶의 주도권을 가지고 현명하게 살아가고 있는지도 모를 일이다.

싸움은 서로 상대가 되어야 이루어지는 법이다. 상대가 되지 않는 상대와 하는 싸움은 일방적인 폭력일 뿐이다. 그런 의미에서 보자면 나는 아내에게 감정적인 폭력, 언어적인 폭력을 많이 행사했던 것같다. 그런 생각이 든 순간 나는 그런 폭력을 멈추었다. 그리고 조금 더 정제된 언어로 아내에게 말을 건넸다. 그렇게 따지고 보자면 우리 부부는 지금까지 살아오며 한 번도 부부싸움을 하지 않았다고 보아도 무방하다. 돌이켜보자면 너무나도 부끄러운 일이지만 한 쪽의 일방적인 잔소리나 언성이 높아진 언어폭력이었을 뿐이다. "고진감래苦盡甘來"라고 했던가. 이런 시련을 겪고 난 후 이제는 한층 부드러워진 나와 함께 살아가는 부인이 참으로 고맙고 존경스러울 따름이다. 시간이 지나 생각해보면 부끄럽기 그지없다.

아내는 나에게 말을 건넬 때 항상 나를 배려하며 조심스럽게 말을 한다. 늘 고맙다. 타임 슬립을 수시로 경험하는 나는 시간이 지난 후 후회를 남기지 않기 위해 지금도 조금씩 더 노력한다. 돌아가신 할머니께서 하신 말씀이 가끔 생각이 난다. '천성天性 고치는 약'이 있다면 천만금을 주고서라도 사고 싶다고…… 논리정연하게 조목조목 따져가며 말하는 내 천성을 쉽게 고치기는 힘들지만 아내로 인해 조금씩 나아지고 있는 모습을 발견하며 스스로를 위안한다. 분명 오늘보다는 조금 더 나은 내일이 될 것이라 믿는다.

젊은 시절부터 정말 부지런하게 살아서 재산도 제법 모으고 사업도 안정된 한 사람이 갑자기 암에 걸려서 병원에 입원을 했다. 병원 침대에 힘없는 모습으로 누워 총기聰氣를 잃은 눈으로 창가 너머를 물끄러미 바라보며 그가 말했습니다.

"몇 년 더 일하고 고향 바닷가에 작은 집을 짓고, 책도 읽고 글도 써 보려고 했는데……."

얼마 시간이 지난 후 그는 하늘로 돌아갔다. 그가 그렇게 원했던 고향 바닷가에서 그의 장례식을 마치고 돌아오는 길에 아름답게 저물어가는 저녁노을이 그렇게 슬퍼 보일 수가 없었다.

우리는 늘 입버릇처럼 말한다. "내가 헛되이 보낸 오늘 하루는 어제 죽은 이가 그토록 갈망하던 내일이었다." 우리가 살아가고 있는 지금 이 순간은 어제 떠난 사람이 그토록 원하던 내일이 아닌가. 현재 나의 모습이 최고로 행복한 순간이라고 생각하고 살아간다면 어떨까?

"여유를 가져라", "너무 아등바등 살지 마라"는 말을 세상에 대한 열정이 없는 패배자들의 변명으로 생각하는 경우가 있다. 하지만 패자들의 변명으로만 생각하기에는 지금 우리 삶이 너무 팍팍하지는 않은지 한번 되돌아볼 필요가 있다. 지금 이 순간 더 많이 사랑하고 더 아껴주자. 가장 쉬운 '타임 슬립'은 지금 바로 이 순간 내 생각의 이동이다. 우리 지금 잠깐 시간을 내어 '타임 슬립'을 해보면 어떨까? 익숙한 순간을 특별한 시간으로 만들 수 있는 기회는 바로 지금 이 순간이다. 레드 썬.

25

고부간의 대화

막장드라마보다 훨씬 더 비현실적인 말도 안 되는 고부관계

시어머니와 며느리 사이에 일어나는 갈등이라는 뜻의 '고부갈등姑婦葛藤'이라는 말이 있다. 드라마를 보거나 주위를 둘러보더라도 시어머니와 며느리가 허물없이 가깝게 지내는 경우는 좀처럼 보기 드물다. 보통의 경우 사이가 좋지 않거나 만일 사이는 그다지 나쁘지 않더라도 시어머니와 며느리라는 특수한 관계 때문에 그다지 가깝지 않은 경우가 많다. 고부관계에 있어서는 며느리의 역할도 중요하지만 어른으로서 서로의 관계를 주도하는 시어머니의 역할이 더 중요한 것이 사실이다. 내 어머니의 품성을 보아서는 누가 며느리가 되었건 고부갈등 없이 아름다운 고부관계 형성을 해나갔겠지만 가만히 보면 유독 내 아내와 어머니는 찰떡궁합이다. 둘 다 본인이 말을 많이 하기보다는 상대의 대화를 잘 들어주는 편이다. 어린 시절 시골인

무주에서 한때 생활을 한 아내는 그때의 기억을 상기想起하며 어머니에게 이야기를 들려주곤 한다. 그럼 어머니는 본인의 어린 시절과 무척이나 닮았다며 너는 어느 시대 사람이냐고 말하며 웃곤 한다. 그런 사소한 것으로부터 서로 공감대를 만들어 간다.

코로나가 우리나라에 본격적으로 퍼지기 직전에 어머니와 아내는 단 둘이서 동유럽 여행을 다녀왔다. 어머니의 칠순 겸해서 해외를 한 번도 안 나가본 아내와 함께 여행을 보내드렸다. 여행을 다녀와서도 단 둘이 다녀오기 정말 잘했다며 여행담旅行談을 이야기하는데 그렇게 보기 좋을 수가 없었다. 장모님이 들으면 섭섭하겠지만 아마도 전생에 '엄마와 딸'이 아니었나 싶을 정도로 잘 지내는 두 사람을 보면 흐뭇한 마음을 감출수가 없다.

처가妻家가 대전인 나는 무뚝뚝함의 극치를 보여주는 장인어른과는 조금 서먹서먹한 사이다. 나뿐만 아니라 다른 누가 와도 무뚝뚝한 장인어른과 살갑게 지내는 것은 조금 힘들어 보인다. 보통 장인과 사위의 관계가 그러하겠지만 말이다. 그래서인지 처가에서는 무소식이 희소식이라는 말처럼 자식들과 전화통화도 거의 하지 않는 편이다. 분기分期에 한 번도 할까 말까이니 전화통화와는 얼마나 담을 쌓고 사는지 알 만하다. 처음에는 그런 장인어른과 평생을 함께 사시는 장모님도 무뚝뚝하고 조용한 분으로 생각했다. 하지만 결혼 후 시간이 흐르며 장모님과 대화를 나눠보니 유머감각과 센스가 가히 타의 추종을 불허할 정도였다. 통화를 하고 싶어도 통화를 할 사람이 지극히 한정되어 있고, 평소에 습관처럼 하지 않아서 전화를 한다는 것이 못내 어색한 것도 한 몫 했으리라 생각한다. 그래서 나는 생각이 날 때마다 아내에게 말을 건넨다.

"여보, 대전에 전화한번 해보면 어떨까요?"

"네? 지난주에도 전화했는데요?"

"지난주에 했으니 이번 주에도 해야죠. 하루에 한 번씩은 못해도 일주일에 한 번씩은 해야죠."

"힝. 우리 집은 원래 전화 그렇게 자주 안하는데……."

"습관들이기 나름이에요. 한번 해보세요."

아내가 전화를 하면 스피커폰으로 해서 아이들과 나도 인사를 하고 장모님께 재롱을 떤다. 조용한 집안 분위기에 익숙해져 있던 장모님은 아내와 내 전화를 받고 반가워하시며 그동안 참았던 이야기를 한참 늘어놓으신다. 술을 한잔하면 내가 장모님께 직접 전화를 해서 "엄마, 사랑해."라는 말도 전하며 애교를 부리지만 평소에는 전화통화를 별로 하지 않는 아내를 통해 전화를 하게 하여 엄마와 딸이 정을 나누게끔 가교架橋 역할을 한다. 아내는 이런 속 깊은 남편의 마음을 아는지 모르겠다.

이와는 반대로 나의 본가本家와는 수시로 전화통화를 한다. 손자 사랑이 유별나신 아버지께서 하루에도 몇 번씩 아내에게 전화가 와서 아이들 안부를 묻고 크고 작은 소식을 전하기 때문이다. 아버지께서는 늘 자식과 손자들을 '노심초사勞心焦思'하신다. 아내와 아이들이 아버지와는 자주 통화를 하지만 어머니와는 상대적으로 통화를 많이 하지 않아서 이 또한 아내에게 어머니와 통화를 해보라고 권유를 한다. 어머니와 통화를 하는 아내는 마치 친구와 전화를 하듯 한참을 깔깔거리며 이야기를 나눈다. 참 정겨운 모습이다. 친정 엄마보다 더 자주 통화를 하며 깊은 속내를 나누는 두 사람의 모습 속에 이상적인 고부관계가 자연스레 그려진다.

인간관계에 일방적인 것은 없다. 서로가 잘해야 한다. 흔히 고부관계는 수직관계라고 한다. 시어머니는 막말시전施展에 전화와 방문을 강요하고 며느리는 그런 시어머니를 못마땅해 하며 둘 사이의 관계는 갈수록 멀어진다. 우연히 〈화목한 고부관계를 유지 중〉이라는 글을 보았다. '아. 이집도 고부관계가 좋구나.' 생각하고 글을 읽어보니 내가 생각한 것과는 정반대였다. 〈화목한 고부관계를 유지할 수 있는 이유〉는 다름 아닌 '시어머니가 며느리를 어려워하고, 며느리도 시어머니를 어려워하기 때문'이라고 한다. '그래야 화목해진다'는 말로 끝을 맺으며 "절대 고부관계는 모녀관계가 될 수 없다"는 글을 보며 안타까운 마음이 들었다. 세상에 정답은 없다. "이런들 어떠하리. 저런들 어떠하리."라지만 이왕에 결혼을 했으면 사이좋은 부부관계, 사이좋은 고부관계를 만들어 가면 서로의 시간이 행복으로 더 충만해지지 않을까.

시어머니와 며느리는 '아들'과 '남편'이라는 매개체를 통해 만나게 된다. 세상에 하나밖에 없는 금쪽같은 내 아들이 선택한 사랑하는 여인을 시부모는 '당연히' 아끼고 사랑해야 할 것이다. 그리고 세상에 하나밖에 없는 사랑하는 내 남편을 낳아준 시어머니 또한 '당연히' 존중하고 사랑해야 할 것이다. 이 밑바탕에는 남자가 '자식'으로서의 역할도 잘 해야 하며 '남편'으로서의 역할도 잘 해야 한다는 전제前提가 깔려 있다. 남편이 부인에게 먼저 잘하고 부부 사이가 좋은 잉꼬부부로 살아간다면 어찌 그런 남편을 낳아서 길러준 시어머니가 존경스럽고 사랑스럽지 않겠나. 서로가 그런 마음으로 대한다면 고부갈등은 강 건너 불 보듯 먼 이야기일 것이다. 이 세상의 모든 고부갈등이 사라지는 날까지 이 한 몸 다 바쳐 최선을 다하련다.

이 글을 쓰면서 '우리 며느리는 이래서 마음에 안 들어', '우리 시어머니는 이래서 마음에 안 들어'라는 생각을 가진 세상의 많고 많은 시어머니와 며느리들에게 욕을 들을지도 모른다는 생각을 했다. 욕을 해서 조금이라도 풀린다면 마음껏 욕을 해도 좋으나 이왕 맺어진 인연 서로가 조금씩 더 노력하면 좋지 않겠나. 세상에 사이좋은 고부관계보다 더 보기 좋은 것도 드문 법이니 말이다.

솔직히 나도 아들이 결혼을 한 후 며느리가 생기고 나서 아내와 며느리의 사이가 어떻게 될지 몹시도 궁금하다. 아직 펼쳐지지 않은 미래이기에 불안감도 있지만 아들의 안목을 믿고 지켜봐야 하지 않겠나. 안 그랬으면 좋겠지만 혹시라도 아내와 며느리 사이에 갈등이 생기면 어떡하나 하는 불안감도 있다. 그때가 되면 이 책의 개정판에서 이 목차는 과감하게 삭제를 하고, 〈고부갈등을 극복하는 방법〉으로 바꾸어 넣어야 할지도 모르겠다. 아. 제발!~~~

미래의 며느리에게 한마디 남기고 싶다.
"미래의 며늘아가. 우리는 너를 무척이나 사랑할 거란다!"

part **4**

겨울

지나온 시간을 돌이켜보고
남은 시간을 재정비(再整備) 하며
인생의 동반자와 함께
만들어가는 시간

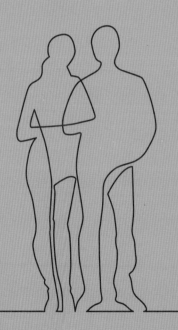

26

아내의 자리

다들 있을 곳이 있는데, 왜 이 집에 내가 있을 자리는 없을까?

자식은 성인이 되면 부모의 품을 떠나간다. 자식이 떠나기 전까지 평균적으로 20~30년을 함께 사는 가족은 서로에게 의지가 되는 가장 든든한 아군이지만 때로는 사소한 것으로 감정이 상해 불편한 관계가 될 때도 있다. 불편함이 나를 감쌀 때면 문득 나만의 공간이 필요하다는 생각이 든다. 가족끼리 있으면서 충만해지는 점도 있지만 혼자만의 시간을 보내며 채워지는 에너지가 있다. 그것은 남녀노소를 불구하고 누구나 마찬가지일 것이다. 아이들이 자라면서 공부를 위해 각자의 방을 마련해주는 경우가 있다. 하지만 정작 엄마나 아빠는 본인만의 공간이 없어 방황하는 경우가 적잖다.

아내는 보통 식탁이나 안방에서 시간을 보내는 경우가 많은데 코로나로 인해 아이들이 온라인 수업을 하는 바람에 딸과 함께 방을 사용하는 아내의 자리가 갑자기 사라져버렸다. 어느 날 문득 그것을 보며 아내의 자리가 필요하다는 생각이 들었다. 생각이 머리를 스치는 순간 이내 아내를 위한 공간을 만들었다. 그 이후 아내는 본인만의 아늑한 공간에 머무르는 시간이 많아졌다. 그 공간을 통해 아내가 편안함과 만족감을 얻은 모습을 보며 스스로에게 위안이 되었다.

아내의 자리가 필요하듯이 남편의 자리 또한 필요하다. 남편의 자리는 거실에 놓여 있는 소파이거나 조그만 방에 있는 PC 앞자리일 경우가 많다. 공간의 크고 작음을 떠나 스스로를 위한 공간을 만들어 보는 것이 집안에서의 힐링을 위해 필요하다. 각자의 공간은 스스로를 위한 작은 선물이라고 생각하면 좋다. 가끔 주위의 모든 것들이 피곤하고 만사가 귀찮아 혼자만의 시간이 간절하게 필요할 때가 있다. 그 시간을 이왕이면 나만의 아늑한 공간에서 오롯이 즐기는 것이 육체와 정신건강에 좋을 것이다.

2021년 최저시급을 알아보니 연봉 기준으로 2,200만 원 정도가 된다. 야근수당에 주말수당까지 포함한다면 퇴근이 없는 가정주부의 임금은 최저시급을 훨씬 상회上廻하는 금액이 될 것이다. 주부의 노고勞苦를 돈으로 환산할 수야 없겠지만 이처럼 가족을 위해 헌신하는 부인을 위해 조그만 자리 하나쯤 만들어 볼 필요가 있다. 남편이 만들어주지 않는다면 나 스스로를 위해 조그만 나만의 자리를 만들어보는 것도 좋겠다.

새가 앉았다 날아간 나뭇가지를 보면 살짝 흔들리며 날아간 새를 한동안 기억하는 것 같이 보인다. 이렇듯 무언가 지나간 자리는 저마다 남기고 간 크고 작은 흔적들이 남게 된다. 봄이 지나간 자리에는 새로운 열매가 맺기 시작하고, 여름이 지나간 자리에는 뜨거운 여름을 기억하듯 시꺼멓게 타버린 피부가 선명하게 남아 있다. 가을이 지나간 자리에는 풍성한 곡식이 남고, 겨울이 지나간 자리에는 겨우내 쌓인 눈을 비집고 파릇하게 움트는 새싹이 남는다. 이렇듯 세월이 지나간 자리는 역사를 남기고, 또 그 역사 속에는 인물과 전통이 남는다. 훌륭한 업적을 남긴 사람은 위인으로 기억되고, 부정한 일을 저지른 사람은 악인으로 남게 되듯이 사람이 지나간 자리에도 지울 수 없는 선명한 흔적이 남게 마련이다. 남기기 위한 흔적을 억지로 만들기보다는 지워지지 않을 흔적을 나만의 자리에서 자연스레 만들어나갈 필요가 있다. 과연 나는 어떤 흔적을 남겨 왔고, 지금 어떤 흔적을 남기고 있으며, 앞으로 어떤 흔적을 남길 것인지 조용히 눈을 감고 생각해보자. 글이 되었건 그림이 되었건 무언가를 남기기 위해서는 나만의 자리가 필요하다. 나만의 자리, 나만의 공간은 자기 정체성을 확인할 수 있는 좋은 그 무엇임에 틀림없다.

단, 각자의 자리를 지켜주되 상대가 공허함을 느끼게 하지는 말아야 한다. 상대가 할 일은 그냥 하도록 내버려두는 것이 좋다. 자칫 잘못하면 본인이 없어도 일이 잘 돌아가는 것을 보며 허무함과 허탈함을 느낄 수도 있다. 도와달라고 하면 도와주되 상대의 자리를 모두

빼앗지는 말아야 한다. 사람은 내가 맡은 나만의 일을 하면서 존재감을 가지게 되는 법이다. 내 일을 상대에게 빼앗기고 할 일이 없어지는 순간 본인의 존재 의미를 잃고 깊은 상실감에 빠질 수도 있다. 주위에도 내가 뭘 안 한다고 하면 "그럼 내가 할 게"라며 가로채는 눈치 없는 사람이 꼭 있다. 사실은 하기 싫은 게 아니라 그냥 한 번 튕겨본 건데 말이다. 정말이지 엉덩이라도 한 대 걷어차 주고 싶다. 각자의 자리는 각자의 일을 위해 잠시 마련한 휴식 공간 정도로 생각하는 것이 좋다. 그래서 필요한 것이다. 각자의 자리는…….

　도심에 살고 있는 많은 사람들이 나이가 들면 전원생활을 하고 싶어 한다. 나 역시도 매일반이다. 가끔 새벽에 글을 쓰다보면 이런 생각이 든다. 갑갑한 방안에서 글을 쓰는 것보다 마당에 있는 벤치에 앉아 밤하늘의 별을 바라보며 작업을 하거나 아니면 마당에 딸린 조그만 작업실에서 노란색 전등 하나 켜놓고 밤새 조용한 음악을 들으며 책을 읽고, 글을 쓰고 싶을 때가 있다. 언젠가는 도심에서 벗어나 한적한 곳에서 나만의 공간을 갖추고 읽고 쓸 날이 올지도 모르겠다. 소박하지만 아늑하게 꾸며진 아내의 자리는 그 곁에 먼저 마련해두려 한다. 각자의 거리를 유지하며 서로의 공간을 만들어보아야겠다. 물리적 거리가 가깝다고 관계의 친밀도가 높아지는 것은 아니다. 관계의 친밀감을 높이기 위해서 때로는 서로에게 '공간의 거리두기'와 '마음의 거리두기'가 필요하다. 이따금 이렇게 따로 또 같이하는 현명한 부부생활을 해나갈 필요가 있지 않을까. 사람은 멀어져 봐야 보고 싶고 없어 봐야 소중한 줄 아는 법이니 말이다. 지금 시간을 내어 아내의 자리를 한번 만들어보면 어떨까?

27

행복하지만 외로울 때

너무 행복하면 오히려 외롭거나 눈물이 날 때가 있지 않나요?

어느 날 저녁 거실에 누워서 책을 읽고 있는데 아내가 갑자기 이런 말을 했다.

"여보! 행복하지만 외롭다는 거 알아요?"

"왜? 행복한데 외로워요?"

"응! 이상하게 행복한데 외롭네요?"

"그럼 외로움을 즐겨보면 어떨까요? 인생은 어차피 혼자 왔다 혼자 가는 것. 아마 아직 수양修養이 덜 된 것 아닐까요?"

부인이 뜬금없이 '행복하지만 외롭다'는 말을 해서 가벼운 농담으로 마무리를 했다. 하지만 사실은 나도 가끔 이런 생각이 들곤 한다. 달리 불행할 일이 없는 행복한 일상 속에서 가끔씩 외롭다는 생각이 들 때가 있다. 그걸 나만의 방식으로 조용히 즐기는 나와는 달리 부인은 말로 표현을 한 것이다.

살다보면 가끔 쓸쓸하고 외로울 때가 있다. 나 같은 경우는 다양한 취미를 통해 외로움을 달래는 편이다. 낚시, 운동, 독서 등을 통해 외로움을 달래며 동시에 즐기곤 한다. 하지만 살다보면 주위에서 외로움을 즐기지 못하고 외로움에 더 깊이 젖어들어 우울증에 이어 극단적인 선택까지 하는 안타까운 경우를 종종 볼 수 있다. 그저 멘탈Mental이 약하다고 탓하기에 그들의 외로움은 정도를 넘어선 경우가 많다.

자살을 선택하는 사람들에게 "왜 자살을 하나? 자살을 할 용기로 살지"라고 말을 하면 "그럴 용기조차도 없기에 자살을 선택한다."고 말하곤 한다. 하지만 아무리 미화시켜도 어떤 이유로든 '자살'은 용납이 되지 않는다. '자살'을 바꾸어 말하면 '살자'가 되듯 어떻게든 살아남아 인생의 굴곡을 아리랑 고개를 넘듯 넘어가야 할 것이다. 솔로몬 왕의 아버지인 다윗 왕의 반지에 새긴 "이 또한 지나가리라This too shall pass"라는 말도 있듯이 말이다. 누구나 인생이 늘 평탄하거나 늘 불행하지만은 않을 것이다. 외로움의 끝엔 언제나 '더 이상 외롭지 않음'이 기다리고 있다. 외로움을 혼자서 즐길 수 없다면 주변인들을 통해 분위기를 환기시키거나 취미를 통해 외로움을 달래보는 것도 좋겠다. 홀로인 듯한 느낌의 찹찹한 그 외로움이 조금씩 온기를 띠며 충만함으로 가득찬 시간이 곧 올지도 모른다.

주위를 둘러보면 유독 공감능력이 부족한 사람들이 있다. 상대가 무슨 이야기를 하는데도 듣지 않고 딴짓을 하거나 듣더라도 전혀 공감을 하지 못한다. 대화를 할라치면 딴소리를 하고 본인의 이야기만 한다. 이런 경우 보통은 공감능력이 부족한 부모님 아래서 자란 경우이거나 애정결핍일 수도 있다. 공감은 상대와 마주하며 상대를 끌어당길 수 있는 가장 중요한 요소다. 상대의 기쁨에 함께 기뻐할 줄 알고 상대의 슬픔에는 함께 슬퍼할 줄 아는 공감능력이 없는 사람과 함께하면 이내 피곤함이 밀려온다. 이 또한 가까이 하기엔 너무나 먼 당신이라 하지 않을 수 없다. 이즈음에서 과연 나의 공감능력 수준은 어떠한지 한 번 자가진단을 해볼 필요가 있다. 그나마 아내와 나는 공감능력이 좋은 편이라 다행이다. 아내가 행복하지만 외롭다고 한 순간 그 외로움을 어떤 식으로라도 해결해주기 위해 갖은 생각을 다한 걸보면 말이다.

가족끼리 있으면서 충만해지는 이점이 있지만 혼자만의 시간을 보내며 채워지는 에너지도 있다. 내가 아는 작가 한 분은 이런 말을 한다. "저는 피곤할 때 사람을 만나면 기가 더 빨리는 느낌이 들어요." 그 반대로 사람들을 만나면 기를 더 받는다는 사람도 주위에 있다. 이런 경우든 저런 경우든 혼자만의 시간을 보내는 것에 익숙해질 필요가 있다. 1964년 KBS라디오 드라마 〈하숙생〉의 주제가인 "인생은 나그네 길 어디서 왔다가 어디로 가는가."라는 최희준 님이 부른 〈하숙생〉이라는 노래도 있지 않나. 어차피 인생은 나그네 길이다. 외로움이 느껴진다면 취미와 사색을 통해 나를 돌아보는 시간을 가지는 것이 좋다. 매일 나를 돌아본다는 것이 어찌 보면 당연한 일이 아닌가.

만약 주변에 사람이 없다면 삶의 철학이 담겨있는 책_{인문교양서, 철}학, 역사 등을 읽어보는 것을 추천한다. 세상에 이런 좋은 벗이 있을까 싶을 정도로 외로움을 극복하기에 책만큼 좋은 것도 없다. 책을 읽고도 별 도움이 안 된다면 내가 감명 깊게 읽은 책을 쓴 작가와 고민을 나눌 것을 추천한다. 책에는 보통 작가의 이메일을 포함하여 SNS 등 연락할 수 있는 방법이 적혀 있지만 사실 작가에게 연락을 하는 경우는 별로 없다. 책을 읽고 작가와 소통하는 것도 좋은 방법이며 한편으로는 책을 쓴 작가에 대한 예의나 독자로서 하나의 관심표현이 될 수도 있다. 이 책의 저자인 나에게 연락을 하는 것도 좋다. 워낙 오지랖이 넓고 잠도 없는 사람이라 밤새도록 이야기를 나누고도 또 이야기를 하자고 덤벼들지도 모르겠다. 실시간은 힘들 수도 있으니 책의 날개에 나와 있는 이메일로 사는 이야기를 나누길 바라며 끝으로 한마디를 남긴다. 아래 문장을 한 번 곱씹어보며 행복하지만 외로운 삶의 시간을 유유悠悠히 잘 이겨나가길 바란다.

"당신이 세상에서 멀어질 때,

누군가 세상 쪽으로 등 떠밀어 준다면

그건 신이 당신 곁에 머물다 간 순간이다."

- 드라마 〈도깨비〉

Jane Stewart Smith,
The grange of St. Giles, the Bass and the other baronial homes of the Dick-Lauder family

가족끼리 있으면서 충만해지는 이점이 있지만
혼자만의 시간을 보내며 채워지는 에너지도 있다.
외로움이 느껴진다면 취미와 사색을 통해
나를 돌아보는 시간을 가지는 것이 좋다.

28

모르면 부인에게 물어라

세상을 살아가며 모든 것을 물어봐야 하는 부인이란 존재

　나보다 십여 년 나이가 많은 선배 한 분이 내가 결혼하기 전 나에게 이런 말을 건넸다.

　"살아가며 고민이 있을 때는 항상 부인과 상의해라. 네가 잘 되면 가족이 잘 되는 것이고, 네가 못되면 가족도 못되는 것이다. 밖에서 답을 찾으려고 하지 마라. 세상 누구보다 부인이 가장 현명한 답을 알려줄 것이니 늘 부인과 상의하도록 해라. 네가 살아갈수록 이 말이 틀림없음을 깨달을 것이다."

　결혼 전부터 이 말을 삶의 철칙으로 삼고 살아가고 있다. 그래서 바깥생활을 하며 겪는 고민은 늘 아내와 상의를 한다. 시간이 지날수록 느끼는 것이지만 언제나 가장 좋은 해결방안을 찾아주는 것은 아내이다. 그래서인지 아내와는 비밀이 없다. 부부 간에도 어느 정도 비밀을 가지는 것이 좋다는 말도 있는데 살다보니 결국 피곤해지는 것은 나인지라 어느 순간부터 비밀을 만들지 않기로 다짐했다. 이후로 확실히 피곤함이 덜해졌다.

나와 다른 가정환경에서 자라온 아내는 어린 시절 고생을 많이 한 것으로 전해 들었다. 초등학교 시절 부모님과 떨어져 시골에서 생활하며 동생들 도시락도 직접 싸주고 검정고무신을 신고 학교에 다녔다고 하니 동시대를 살아온 나로서는 아내의 그런 시골생활에 대해 공감하기가 어려웠다. 도시에서 생활하며 어릴 때부터 상가가 즐비한 거리를 접하고 자란 나와 아내의 어린 시절은 그렇게 달랐다. 대학에 들어가서도 아르바이트를 하며 학비를 충당하고 장학금을 받으며 혼자만의 힘으로 학교를 졸업한 아내의 지난 이야기를 들으면 존경스러운 마음이 앞선다. 고생을 하며 어린 시절부터 어른스러움을 스스로 터득한 아내라서 그런지 대화를 나누노라면 사려思慮 깊은 마음과 착한 심성을 함께 느끼곤 한다. 그 덕에 때로는 누나 같고 때로는 선배 같은 든든한 후견인인 아내의 조언은 내 인생길에서 나에게 가장 좋은 지침指針이 된다.

부모를 보면 자식을 알 수 있고, 자식을 보면 부모를 알 수 있다. 친구를 보면 그 친구를 알 수 있는 것과 마찬가지로 남편을 보면 부인을 알 수 있고, 부인을 보면 남편을 알 수 있다. 그래서 부부는 닮는다는 말이 있는가보다. 가끔 만나는 선배는 내 아내를 몇 번 안 만나봤지만 살면서 만나본 사람 중에 "제수씨 같은 사람을 한 번도 본 적이 없다"고 말하며 본인의 이상형이라고 몇 번이나 칭찬을 했다. 그런 말들은 차치하고라도 살아가며 나 스스로가 느끼는 것이 '만일 내가 다시 태어나도 이런 사람을 또 만날 수 있을까' 싶은 생각을 가끔 한다. 평소 우스갯소리로 아내에게 "당신은 조상 삼대三代가 덕을 지어서 나랑 결혼을 한 것"이라고 말하곤 한다. 하지만 살아보니 정작 내가 조상 사대四代가 덕을 지어서 아내와 결혼을 하게 된 것 같다. 손뼉도 마주쳐야 소리가 나는데 아내는 손뼉을 마주치려 하질 않으니 부부싸움이 날 일이 없다. 당장의 큰 소리는 피하고 훗날을 도모하는 아내의 현명함 속에 오늘도 평화로운 생활이 이어지고 있다.

어느 마을에 한 부부가 있었다. 평소 많은 대화를 나누던 부부였는데 언젠가부터 남편은 아내와의 대화에서 불편함을 느끼게 되었다. 남편의 질문에 간혹 아내가 대답을 하지 않거나 동문서답을 하는 등 대화가 잘 이루어지지 않았던 것이다. 남편은 혹시라도 아내의 귀가 잘 들리지 않게 된 건지 걱정을 하게 되었고 이를 시험해보기로 했다. 어느 날 그는 방 한쪽 구석에 돌아앉아 조그마한 목소리로 아내에게 물었다.

"여보 내 말이 들려요?"

그러나 아내는 대답이 없었다. 남편이 좀 더 가까이 가서 물어보아도 아내는 대답이 없었고, 더 바짝 다가가서 물어보아도 여전히 대답이 없었다. 결국 아내의 등 뒤까지 다가가서 같은 질문을 하자 아내가 귀찮은 듯한 목소리로 대답했다.

"네 아주 잘 들려요. 벌써 네 번째 대답이에요"

잘 들리지 않았던 사람은 아내가 아닌 바로 남편 자신이었던 것이다. 자신만의 생각과 판단으로 세상을 바라보는 것이 얼마나 어리석은지를 보여주는 일화다. 혼자만의 생각에 사로잡혀 있지 말고 좀 더 넓게 생각하고 상대의 입장에서 생각해 볼 필요가 있다. 사람은 자기가 아는 만큼 보이고, 보는 만큼 느끼며 느끼는 만큼 생각하고 행동하고 말하게 마련이다. 평소 배움을 게을리 하고 눈앞의 즐거움만을 위해 살아간다면 결국 본인의 지식이 머지않아 바닥을 드러낼 것임은 자명한 사실이다. 배움의 즐거움을 통해 내가 아는 범위를 넓히며 혜안慧眼을 가지고 살아가는 것이 좋겠다. 내가 알고 있는 것이 전부라 생각지 말고 부부가 함께 공부를 하고 대화를 나누며 서로의 인생에 좋은 스승이 되기를 바란다.

가끔 아내에게 아이들 수학문제를 물어보곤 하는데, 대답을 못하는 걸 보니 아무래도 수학은 내가 조금 더 나은 것 같다. 수학문제 빼고는 앞으로도 살아가며 아내에게 많은 것을 물어볼 생각이다. 논어에 나오는 말로 "학이시습지 불역열호學而時習之 不亦說乎: 배우고 때때로 그것을 익히니 어찌 기쁘지 아니한가"라 했다. 하물며 그 스승이 나와 함께 사는 배우자라면 참 복 받은 인생이라 아니할 수 없겠다. 미처 모르고 살아갈 수도 있는 우리의 참 스승인 배우자를 오늘 다시 한 번 돌아보는 시간을 가져보자. 배우자가 나보다 무엇을 더 잘하는지 오늘 한 번 확인해보며 서로를 조금 더 알아가는 시간을 가져보는 건 어떨까?

29

제가 당신을 봅니다

우리는 서로 제대로 바라보고 살아가는 걸까?

2009년에 개봉하여 누적 관객 수 천만千萬을 훌쩍 넘긴 제임스 카메론 감독의 〈아바타Avatar〉라는 영화가 있다. 지구의 에너지 고갈 문제를 해결하기 위해 인류는 판도라 행성으로 향하고, 그곳의 원주민 '나비족'과 대립하게 되는 내용이다. 우리가 사람을 만나면 반갑다고 인사를 나눈다. 하지만 나비족의 인사는 조금 특별하다. "I see you.제가 당신을 봅니다"라고 하는 것이 그들의 인사말이고, 여자 주인공이 남자 주인공을 바라보며 말하던 대사이기도 하다. "I see you."는 "제가 당신의 영혼을 봅니다.", "제가 당신의 내면을 봅니다.", "나는 당신을 느낍니다."로 해석할 수 있다. "I see you."라는 말은 단순히 우리 눈에 보이는 것을 말하는 것이 아니다. 상대의 슬픔과 기쁨, 그리고 상대가 걸어온 인생을 이해한다는 뜻이다. 바로 "당신의 모든 것을 이해한다."는 의미로 해석하면 좋겠다.

내가 강의를 할 때 영화 〈아바타〉 소개를 하며 "I see you."에 대한 의미를 말한다. 이것을 소개할 때마다 인도와 네팔의 인사말인 "나마스테Namaste"가 생각난다. 나마스테는 "당신 안의 신에게 경배를 드립니다경의를 표합니다"라는 의미인데 "I see you."와 일견 닮은 구석이 있다. 그 사람의 뒷모습이 보이기 시작한다면 비로소 상대를 이해하고 사랑하는 것이라는 말이 있다. 뒷모습이 보이기 시작한 상대가 부모님이나 선배일 수도 있고, 배우자나 자식일 수도 있다. 어느 날 누군가의 뒷모습을 바라볼 때 가슴속에서 무언가가 느껴진다면 그것이 바로 "I see you."를 진정 느낄 때가 아닐까?

사랑한다는 것은 무엇이고, 본다는 것은 과연 무엇일까? 우리가 살아가면서 무엇을 보고 사는지를 한번쯤 생각해 볼 필요가 있다. 이를 이야기하자면 '현상'과 '본질'에 대해 짚고 넘어가야 한다. 현상現象은 인간이 지각할 수 있는 사물의 모양과 상태를 말하며, 본질本質은 사물이나 현상을 성립시키는 근본적인 성질 즉, 내면을 말한다. 사랑한다는 것과 좋고 싫음, 애틋함, 아름다움은 나타나는 현상이다. 하지만 "I see you."는 본질을 뜻한다.

20대 시절 인도와 네팔을 여행할 때 네팔에서 열흘간 묵언수행을 한 적이 있다. 그때의 '침묵으로 인해 겪은 신비한 경험을 다시 해볼 수 있을까'라는 생각이 간혹 들곤 한다. 훨씬 오랜 기간 묵언수행을 해본 수행자들이 보기에는 짧은 시간이라 우스울 수도 있겠으나 보통 사람이 평생을 살아가면서 열흘정도 말을 하지 않고 사는 일이 흔하지는 않다. 더군다나 나 혼자 있는 집안에서만 하는 것이 아니라 여행지에서 최소한의 소통이라도 해야 하는 경우에는 조금 더 어려울 수 있다. 묵언수행默言修行은 불교에서 이루어지는 수행방법 중 하나이다. 묵언수행을 한다는 것은 단순히 말만 하지 않는 것이 아니다. 먹고 자는 것을 포함한 나머지 의사소통도 하지 않으며 내면의 자신과 만나는 시간이다. 생각을 잠재우고 머릿속에 돌아다니는 상념을 멈추는 시간이다. 내면의 평화는 세상의 혼돈混沌으로부터 한걸음 물러서야 비로소 발견할 수 있는 것이다.

많은 이들이 좋아하는 세계적인 성악가 안드레아 보첼리Andrea Bo-celli가 쓴 〈침묵의 음악〉이라는 책이 있다. 예전부터 그를 좋아했지만 그의 눈을 자세히 보지는 않았다. 어느 날 그의 공연 영상을 보는데 노래하는 내내 눈을 감고 노래를 부르며 옆의 여가수에게 살짝 의지하는 듯한 모습이 보여 다른 영상들도 찾아보았는데 모두 비슷한 모습이었다. 이후 알아보니 그는 어린 시절 사고로 얻은 장애가 있었다. 갑자기 시력을 잃어 힘들었을 테지만 그것을 극복하고 세계적인 음악가가 된 그의 인생을 만나고 싶어서 책을 집어 들게 되었다.

1958년 이탈리아의 투스카니에서 태어난 그는 열두 살 때 시력을 잃은 후 평범한 고등학교를 졸업하고 피사 대학에 진학해서 법률을 전공하고 변호사로 활동했다. 변호사로 활동하던 중 프랭코 코렐리를 만나 전문적인 음악 교육을 받으며 음악인의 길로 들어선다. 1996년 전 유럽투어 공연에서 전 세계인을 사로잡아 이 후 세계적인 음악가가 되었다. 그가 〈침묵의 음악〉을 쓴 이유는 본인, 그리고 무엇보다 지금 본인의 의식, 인생을 바라보는 본인의 생각을 가능한 그대로 보여 주려는 것이었다. 묵언수행을 통해서 만나는 내면의 자신과 보이지 않는 세상을 마음의 눈으로 그리며 바라보는 그의 삶이 한편으로는 닮아 있는 것이 아닐까 생각해보았다.

책에서 그는 '아모스'라는 가명을 사용한다. 책의 전반에는 아모스가 어떻게 어린 시절을 보냈고, 12살에 어떤 사고가 나서 시력을 잃게 되었는지에 대해서 이야기한다. 아모스가 시력을 잃고 난 뒤 역시 사고로 시력을 잃은 기숙학교의 교장선생님이 해준 말을 떠올린다. "어둠은 시 감각으로, 시력이라는 선물을 가진 사람들이 느낄 수 있는 특권이다. 앞을 보지 못하는 사람은 어둠을 볼 수 없다. 귀 먹은 사람들이 바로 청감각聽感覺이며 소리와 대립되는 침묵을 모르는 것이나 마찬가지다". 이 책의 중반에서는 아모스가 법대에 들어가서 겪는 일들과 사랑에 대한 이야기가 이어진다. 후반부에서는 피아노를 고치러 온 조율사에게 평생의 스승을 소개받은 후 레슨을 받아 성장하고, 세계적인 성악가가 되는 이야기가 그려진다. 대학에 들어가기 전 학창시절에 부모님께 "우리는 프롤레타리아의 노동을 착취하고 그들에게 얹혀사는 부르주아"라고 말했다가 본인의 논리가 막혀 진실과 거짓에 대해 많은 생각들을 하는 장면에서는 조숙하고 생각 많은 시절의 그에게 동화되기도 했다.

오페라 가수들에게는 침묵이 필수적인 원칙이라고 한다. 현대의 가장 유명한 성악가들은 모두 침묵을 원칙으로 정해 실천하고 있다. 내면의 소리를 듣고 스스로를 만나는 방법은 동서양을 막론하고 다르지 않다는 점이 한편으로 경외감을 준다. 특히 혼자 있을 때의 침묵은 절대 나를 지치지 않게 만드는 목소리일 뿐만 아니라 나의 마음을 평온하게 해 주고 행복을 전하는 목소리다. 그가 꿈을 향해 나아가는 삶의 진지한 태도와 장애를 극복하는 자세를 배우고 각자의 삶에 적용할 필요가 있다. 또한 우리 모두 침묵을 통해 내면을 돌아보는 시간을 한 번씩 가질 필요가 있지 않을까.

열두 살에 갑자기 실명된 눈으로 세상을 살아가며 법대를 졸업하고 변호사를 거쳐 결국 오페라 가수라는 본인의 꿈을 이뤄낸 그의 인생역정人生歷程에 박수와 찬사를 보낸다. 그의 책을 읽는 내내 눈가가 촉촉했다. 그가 해온 많은 노력들에 비해 지금 내가 노력하는 삶은 어떠한지에 대해 돌이켜보게 되었다. 신체적 장애를 극복하고 꿈을 향해 꾸준히 노력하는 그의 삶이 존경스러웠다. 전 세계적으로 인정을 받은 만인의 연인 안드레아 보첼리. 그가 들려주는 삶의 진솔한 이야기를 듣고 싶다면, 어느 날 하염없이 눈물 흘리며 그의 삶에 들어가 보고 싶은 날이 있다면 이 책을 일독一讀할 것을 권한다.

"인생은 정말 놀라울 정도로 신비한 것 같습니다. 저는 항상 그렇게 믿어 왔습니다."

한 번씩 아내에게 이렇게 말한다.

"I see you."

그럼 아내도 나에게 "I see you." 라고 말한다. 그리고 서로를 흐뭇하게 바라보며 눈웃음을 나눈다.

당신은 지금 무엇을 보고 있는가?

30

감사노트 고맙노트

소크라테스는 과연 고마움을 알았을까? 아니면 고마움조차도 몰랐을까?

2018년 12월부터 넉 달 정도 '고맙노트'를 매일 쓴 적이 있다. '감사노트'는 많이 들어봤는데, '고맙노트'는 또 뭔가 싶겠다. 언젠가 "감사합니다."는 일본식 한자에서 비롯된 말이라는 것을 들은 적이 있어서 국립국어원에 들어가서 확인해보았다. '감사感謝'가 일본식 한자라는 명확한 근거는 찾을 수 없고, '감사하다'와 '고맙다'를 모두 쓸 수 있다고 한다. 하지만 '고맙다'가 순우리말이고 지금까지 쓰여 온 역사가 깊다고 해서 애매모호한 '감사'보다는 순우리말인 '고맙다'는 말을 따서 '고맙노트'를 쓰게 되었다.

군이 매일 무엇을 고마워해야 할까? 평소 나에게 주어진 삶에 대해 고마워하는 생각을 가지고 삶을 살아가야 하는 것을 모두가 알고 있다. 하지만 그것을 생각하고 실천에 옮기기가 쉽지 않다. 그냥 그렇게 하루하루를 살아갈 뿐이다. 친한 친구가 천일千日 넘도록 감사노트를 쓰고 있는 것을 보고 감동받은 나머지 나도 내 삶에 고마워하는 습관을 가져야겠다는 생각을 가졌다. 2018년 12월 05일부터 고맙노트를 쓰기 시작해서 백일百日이 넘게 하루도 빠지지 않고 SNS에 써내려갔다. 처음에는 서너 줄로 쓰기 시작한 고맙노트가 어느덧 열 줄이 넘어가기 시작했고 나중에는 고맙노트를 쓰는 데만 두세 시간이 걸릴 정도였다.

고맙노트를 쓰면서 내가 쓰는 글과 내 삶이 맞닿아 있기를 바랐고 그렇게 되도록 노력했다. "작가의 책을 읽기 이전에 작가의 삶을 알아야 한다."는 말에 지극히 동감한다. 정작 작가 본인이 그렇게 살지 않으면서 아무리 좋은 글을 써 본들 무슨 의미가 있겠나. 그것은 독자를 농락籠絡하는 것이고 독자에 대한 기만欺瞞과 다를 바 없을 것이다. 요즘은 베스트셀러 작가들이 SNS를 통해 독자와 소통을 하고, 미디어에 나와 방송을 하는 경우도 많다. 간혹 유명 작가를 보며 작가의 글과 삶이 맞닿아 있지 않다는 것을 느끼는 경우가 있다. 책에서는 좋은 이야기를 하지만 정작 겉으로 보이는 본인의 삶은 그러하지 못한 경우를 말이다. 물론 그 작가의 세세한 부분까지 들여다보지 못해 그럴 수도 있지만 겉으로 드러나는 삶과 책 사이에 이질감이 느껴진다는 뜻이다. 그렇듯이 책을 읽다보면 간혹 작가와 책이 닮지 않은 경우를 접할 때가 있다. 책을 쓴다는 것은 내 마음과 생각을 정리하여 글로 나타내는 것이다. 책까지는 아니더라도 평소에 좋은 글을 퍼다 나르고 짧은 글을 쓰는 일도 다를 바 없다. 글을 옮겨 나르거나 그것을 쓰는 본인의 삶과 닮아 있지 않으면 이는 읽는 이에 대한 기만일 뿐이다. 좋은 글을 쓰고, 옮기려면 본인 또한 그런 삶을 배우고 실천하도록 무던히 노력을 해야 함이 마땅할 것이다. 사람이 완벽하지 않아 처음부터 그럴 수는 없다 할지라도 조금씩 변화하는 삶의 형태를 갖추어 나가면 좋겠다. 작가의 책과 삶이 닮아 있는지를 알기 위해서는 작가의 강의를 들은 후 질문을 통해 작가를 알아보는 것이 좋다. SNS나 작가에게 보내는 메일을 통해 작가와 만나보는 것도 좋은 방법이다. 그렇게 작가를 알게 되면 그 책을 쓴 작가가 독자를 기만한 것인지 정말 본인의 삶과 닮아 있는지를 알게 되어 작가의 책을 조금 더 수월하게 이해하고 공감하게 될 것이다.

평범한 삶 속에서 고마움을 느낄 수 있는 글을 하나 소개한다.

공자가 젊을 때 길을 가다가 좀 이상해 보이는 한 노인을 만났다. 이 노인은 계속 싱글벙글 웃고 심지어 춤까지 추며 기뻐했다. 그런데 더 이상한 것은 지나가는 사람들이 그 노인에게 공손히 인사를 하는 것이었다.

'도대체 어떤 노인이기에 저리도 예의를 다해 인사를 하는 것인가?' 공자는 마음속으로 중국에서는 나를 모르는 사람이 거의 없고 또 다들 나를 존경하는데 나를 보고는 인사를 안 하고 언뜻 보기에 정신 빠진 저 노인에게 다들 인사를 하는 것일까 이상하게 생각했다. 공자는 노인에게 공손히 절을 한 다음 물었다.

"어르신, 어르신께서는 어떠한 이유로 그렇게 즐거워하시며, 또 모든 사람으로부터 존경을 받으시는지 배우고 싶습니다."

그러자 노인이 허허 웃으며 대답했다.

"젊은 양반이 무던히도 배우고 싶어 하는구먼. 내가 생을 감사하는 이유는 첫째, 뱀으로 태어날 수도 있고, 돼지나 개로도 태어날 수 있는데 사람으로 태어난 것에 대해서 생각할 때 그저 감사하네. 둘째는 내가 90세가 넘었는데 건강하게 지내니 이 얼마나 감사한 일인가. 그리고 셋째는 이렇게 나이가 많아도 즐겁게 일할 수 있으니 너무 감사해서 일하다가 쉴 때는 즐거워서 춤도 추는 것이네."

매사에 감사하는 마음이 있으면 남을 먼저 배려하게 된다. 기꺼이 베풀고 살 수 있으며 포용심과 겸손한 마음으로 살아갈 수 있을 것이다. 그러나 감사하는 마음과 시기, 질투하는 마음은 백짓장 한 장 차이다. 사람의 마음이란 원래 그런 것이다. 사람의 마음은 늘 바뀐다. 결혼하기 전에는 잘해줘야지 하면서 결혼을 했는데, 결혼을 하고 나서는 반복되는 일상에 젖어 결혼 전 마음을 잊고 사는 것이 사람이다. 그럼 바뀐 사람을 탓해야 할까? 아니면 바뀐 사람을 탓하는 나를 탓해야 할까? 사람의 마음은 늘 바뀌는 것이 정상인데 안 바뀐다고 착각을 하는 순간 실망을 하게 된다. 왜 약속을 하고 안 지키느냐? 예전에는 달랐는데 지금은 왜 이 모양이냐? 마음이 바뀌는 것도 외관外觀이 바뀌는 것도 자연스러운 현상이다. 세상 만물이 변하듯 사람의 외모도 마음도 시간이 흐르며 자연스레 변하는 것이니 변했다고 너무 실망하지 말고 괴로워하지도 말자. 단지 늘 곁에 있음에 고마움을 느끼며 자족自足하는 것이 좋지 않을까.

소크라테스의 사상 중 '무지의 지無知─知'라는 것이 있다. "나는 적어도 내가 모른다는 것은 안다."는 뜻이다.

어느 날 소크라테스의 친구이자 제자인 카이레폰이 델포이의 신전에서 사제에게 신탁을 청했다. 질문은 "세상에 소크라테스보다 현명한 사람이 있는가?"였고, 신탁은 "없다."라고 했다. 당시 아테네에서 신성모독은 사형까지 가능한 죄였으니 신의 지위가 요즘의 종교와는 사뭇 달랐다. 카이레폰으로부터 이야기를 전해들은 소크라테스는 이를 진지하게 생각하지 않을 수 없었다. 자신보다 현명한 사람이 없다니 그것은 불가능한 일이었기 때문이다. 소크라테스는 자신이 아무것도 모른다고 생각했기 때문에 자신이 지혜롭지 않음을 증명하기 위해서 그리스의 현명하다는 사람들을 찾아다니며 인터뷰를 했다. 하지만 그제야 소크라테스는 그리스에서 자신이 제일 현명하다고 신탁이 말한 이유를 알게 되었다. 자신이 그들보다는 그나마 덜 무지하다는 것을 말이다. 왜냐하면 인터뷰를 계속 하다 보니 현명하다고 소문이 나 있던 사람들이 실제로 아는 게 별로 없으면서도 자신이 무엇인가를 매우 잘 안다고 착각하고 있었던 것이다. 반면 소크라테스 자신은 적어도 자기가 아무것도 모른다는 것은 알고 있다는 것을 깨달은 것이다. 이것이 바로 "너 자신을 알라."의 시초이다. 소크라테스는 적어도 자신이 아무것도 모른다는 사실은 알고 있기 때문에 가장 현명한 사람이라고 무녀가 말했던 것이다. 이것을 '무지의 지無知–知'라고 한다. 진정한 현명함이란 자신의 무지를 자각하는 것에서 출발하는 것임을 소크라테스는 알고 있었다.

그 당시보다 훨씬 많은 정보를 보다 쉽게 접하며 살고 있는 우리 역시 많은 것을 알고 있다고 생각하며 살아간다. 하지만 내가 무엇을 아는지 깊이 있게 돌이켜본다면 그 당시의 지식인들과 큰 차이가 없지 않을까? 우리가 알아야 할 것 중 가치 있는 것 하나가 바로 '고마움'이 아닌지 되새겨보자. 바쁜 일상을 살아가는 우리는 오늘 하루가 얼마나 고마운 날이었는지 매일 돌아볼 필요가 있다. 주위를 둘러보면 온통 고마운 일들뿐이다. 가까운 사람에게 "오늘 하루도 당신이 곁에 있어서 참 고맙다."고 말하며 하루를 마무리해보는 것은 어떨까.

31

가족이란

가족의 의미를 다시 한 번 생각해보면 어떨까?

패밀리Family라는 단어에는 "아버지, 어머니 나는 당신들을 사랑합니다."라는 어원語源이 있다고 한다. 즉, 'Father And Mother I Love You'의 첫 글자를 따온 것이다. 그럼 우리가 흔히 사용하는 식구食口는 무슨 의미일까? 먹을 식食자에 입구口자를 써서 "한 집에서 함께 살면서 끼니를 같이하는 사람"을 말한다. 평소 사용함에 있어 영어의 패밀리와 한글의 식구가 뜻하는 바는 같지만 그것을 해석하는 차이에서 가족家族의 의미를 다시 한 번 돌이켜 생각해봄직하다.

명예, 지위, 돈, 어느 것 하나 빠지지 않고 대단한 성공을 거둔 사람이 대학생들을 대상으로 강의를 했다. 대학생과 기자들은 그의 강의를 듣기 위해 몰려들었다. 그는 평소에 강의나 인터뷰를 하지 않는 것으로 유명했기 때문에 그 기회를 놓칠 수가 없었던 것이다. 사람들은 그의 강의를 듣기 위해 귀를 쫑긋 세우고 있었다. 그는 등장하자마자 칠판에 무언가를 적었다.

'1,000억'

그리고 말을 시작했다.

"저의 재산이 아마 천억은 훨씬 넘을 것입니다."

사람들은 이미 다 알고 있었던 사실이었으므로 고개를 끄덕였다.

"여러분, 이런 제가 부럽습니까?"

"네!"

여기저기서 다양한 대답들이 들려왔다. 이 대답을 들은 그는 웃으며 강의를 시작했다.

"지금부터 이런 성공을 거두려면 어떻게 해야 하는지에 대한 강의를 시작하겠습니다. 1,000억 중에 첫 번째 0은 바로 명예입니다. 그리고 두 번째 0은 지위입니다. 세 번째 0은 돈입니다. 이것들은 인생에서 필요한 것들입니다."

사람들이 고개를 끄덕였다.

"자. 그럼 마지막으로 제일 앞에 있는 1에 대해 설명하겠습니다. '1'은 바로 '건강과 가족'입니다. 여러분. 만일 1을 지우면 1000억이 어떻게 되나요? 바로 0원이 되어버립니다. 그렇습니다. 인생에서 명예, 지위, 돈도 중요하지만 아무리 그것을 많이 가지고 있다고 하더라도 건강과 가족이 없다면 바로 실패한 인생이 되어버리는 것입니다."

사람들은 그제야 진정한 성공의 의미를 알겠다는 듯 고개를 끄덕였다.

좋거나 나쁜 것은 개개인이 느끼기에 모두 다른 것이다. 나에게 나쁜 사람이라고 해서 다른 이에게 나쁜 사람은 아닌 것처럼 말이다. 하지만 사회에서 통상적通常的으로 생각하는 좋고 나쁨의 기준에 따라 생각해보자. 노인이라고 다 현명하거나 좋은 사람인 것만은 아니다. 좋은 노인은 좋은 어른이 나이가 들어서 되는 것이고 좋은 어른은 좋은 아이가 나이 들어서 되는 것이다. 좋은 노인은 결코 나쁜 어른이 나이 들어 될 수 없듯이 좋은 어른 또한 나쁜 아이가 나이 들어 될 수 있는 것이 아니다. 그래서 어린 시절부터 좋은 아이로 자라는 것이 중요하다. 그 좋은 아이는 어떻게 만들어질까? 좋은 부모에게서 좋은 영향을 받고 자라야만 가능한 것이다. 그래서 올바른 가정교육이 중요하다.

샤오황디小皇帝: 소황제는 1979년 중국에서 시작한 '1가구 1자녀 원칙'에 의해 1980년대에 태어난 독생자녀獨生子女 층을 이르는 말이다. 여자 아이의 경우에는 샤오궁주小公主: 소공주라고 한다. 이들은 풍요로운 경제적 기반을 가진 부모의 과보호 속에서 성장하여 사회적 활동량과 소비 수준이 높아 중국의 떠오르는 주류 소비계층으로 대두되었다. 다소 이기적이고 독선적이라는 평가를 받아 중국의 사회

문제로도 거론되었다. 자녀를 끔찍이 생각하는 우리나라의 부모들은 그들과 과연 무엇이 다른지 생각해 볼 필요가 있다. "매로 키운 자식이 효도한다."는 말이 있다. 하지만 그 말이 부모에게 자녀 체벌권이 용인된다는 뜻은 아니다. 우리나라에서 아동체벌은 자녀교육에서 아주 자연스럽고 또 중요한 역할을 해 왔다. 하지만 아이들은 꽃으로도 때리지 말라고 하듯이 어떠한 의미에서라도 아이들에게 가해지는 폭력은 정당화될 수 없다. 올바른 가정교육으로 올바른 가치관을 가진 아이로 성장시키는 것은 모든 부모에게 주어진 막중한 숙제다. 부디 어린 시절의 좋은 인격형성으로 말미암아 좋은 어른과 좋은 노인이 넘쳐나는 세상이 되기를 바란다. 그렇게 형성된 좋은 가족만큼이나 의미 있고 아름다운 것이 있을까? 위에서 소개한 것처럼 진정한 성공의 의미를 다시 한 번 되새겨보자.

가족이란 무엇일까? 흐르는 강물의 배 위에서 배와 함께 흘러가는 '나'와 '너'라는 존재가 만남을 통해 서로에게 이름을 부여하고, 서로에게 소중한 의미가 되어 서로를 바라보고 의지하며 같은 곳을 바라보며 함께 살아나가는 것이다. 부모 자식 간에 때로는 "Latte is horse 나 때는 말이야."를 외치며 서로에 대한 이해가 오해가 되기도 하지만 자전거를 타듯 유유히 페달을 밟다 보면 어느 순간 같은 길을 가는 것을 발견한다. 부모와 자식 그리고 부부는 그렇게 때로는 다른 곳을 보며 때로는 같은 곳을 보며 살아가는 인생의 선후배이자 친구와 같은 존재이다. 신이 모든 곳에 있을 수 없기에 어머니를 만들었다고 한다. 또한 세상에 네 마음대로 안 되는 것도 있다는 것을 알게 해주기 위해 자식을 내려 보냈다고 한다. 진정 '가족'이라는 말은 생각만 해도 눈물이 핑 도는 따스한 단어다. 모두의 가정에 사랑과 행복이 영원히 흐르기를 바라며 "Father And Mother I Love You."가 늘 함께하길 바란다.

32

먼저 세상을 떠나는 남편이
부인에게 남기는 편지

남겨진 자들의 슬픔을 더 감당하기 힘든 남편이 남기는 유서

사랑하고 존경하는 여보.

먼저 당신과 아이들에게 미안하다는 말을 건넵니다. 당신을 두고 먼저 세상을 떠날 생각을 하니 눈앞이 막막합니다. 내 죽음이 두려워서가 아니라 남겨진 당신과 우리 사랑하는 아이들이 겪어야 할 슬픔을 생각하니 가슴 깊은 곳에서 솟아 올라오는 눈물이 끊이질 않습니다. 먼저 떠나는 내가 남겨진 이들의 슬픔을 어찌 다 헤아릴 수 있을까요. 한날한시에 죽자던 결혼서약서의 약속을 지키지 못하고 이렇듯 무책임하게 먼저 떠나는 나를 부디 용서하시길 바랍니다.

다사다난多事多難 했던 우리의 결혼생활을 되돌아보니 결국 남

208

는 거라곤 '후회'라는 한 단어밖에 없습니다. 아무리 잘 해주어도 부족한 당신에게 나는 늘 모자라고 사실은 그다지 잘해주지도 못한 못난 남편이 아니었나 하는 생각이 자꾸만 고개를 치켜듭니다. 남들처럼 호강 한 번 시켜주지 못하고 늘 고생만 시킨 당신을 생각하니 내가 먼저 눈을 감는다는 사실이 안타깝다기보다 미안한 마음을 더 앞세우는군요. 사람이 죽기 직전 지나온 과거를 돌이켜보면 후회밖에 남지 않는다고 하죠. 때가 되니 그 말을 비로소 실감할 수 있습니다.

24살에 당신을 만나 사랑을 했고 5년의 연애기간을 지나 결혼을 하여 우리 사랑의 결실인 성현이와 도연이를 낳았습니다. 자식을 낳아 길러보아야 어른이 된다는 옛 어른들의 말씀을 아이들을 키우며 비로소 실감했습니다. 철없는 남편이 기죽을까봐 내가 하고자 하는 일에 항상 맞장구를 치며 남편의 기를 살려주었던 당신의 깊은 속마음을 세월이 흘러가며 조금씩 알게 되었습니다. 모든 것이 고마웠고 한편으로는 많이 미안합니다. 뭐하나 잘난 것도 없는 남편이지만 당신은 늘 내가 최고라 했고, 항상 의지하고 따랐습니다. 그런 당신으로 인해 내가 정말 잘난 줄 알고, 힘이 들고 지칠 때에도 이 험한 세상을 살아갈 용기를 얻었습니다. 사소한 말 한 마디에도 울고 웃던 당신으로 인해 내 삶은 항상 행복으로 가득했습니다. 나에게 무한한 행복과 용기를 준 당신께 다시 한 번 고개 숙여 고마운 마음을 전합니다.

사실 지나고 보면 아무것도 아닌 일인데 사소한 일들로 당신을 책망責望하여 당신의 마음을 아프게 한 것이 너무도 미안합니다. 부족한 내가 감히 누구를 탓할 수 있겠냐마는 언제나 내 곁을 지키고 있던 당신이 그때는 그저 예사롭게만 느껴졌던 모양입니다. 매사에 함께할 수 있음을 항상 고마워하고, 또 늘 소중하게 생각해야 했는데 그러지 못한 내가 때로는 야속하기고 하고, 원망스럽기도 했을 겁니다. 하지만 당신은 내색하지 않고 늘 속으로 삼키기만 했지요. 때늦은 후회지만 이제 와서야 사랑하는 당신의 마음을 아프게 한 것이 무척이나 미안하고 가슴이 아픕니다.

늘 나를 사랑과 신뢰가 가득담긴 눈으로 바라봐주던 당신의 눈동자가 지금도 잊히지 않습니다. 시력이 별로 좋지 않은 당신은 안경을 벗으면 사물의 형체가 선명하게 보이지 않는다고 말했죠? 집에서 팬티바람으로 돌아다니는 나를 안경을 쓰지 않으면 허연 살덩어리가 돌아다니는 것 같다며 몽달귀신 같다고 놀리면서 둘이서 마주보며 한참을 웃었던 것도 기억납니다. 문화, 예술과 인문학적 소양이 깊은 당신과 역사에 대해서 그리고 다른 다양한 분야에 대해서도 토론을 하며 한참 열을 올렸던 것들이 기억납니다. 그런 당신과 함께할 수 있어서 참 행복했습니다. 마음이 통하는 그 이상의 지적 교류를 함께할 수 있음이 참으로 고마웠고 또 행복했습니다. 우리가 함께한 세월 속에서 일어난 나의 몇 번의 큰 잘못들로 당신의 마음을 아프게 하고 힘들게 한 것이 평생토록 마음의 짐이었습니다. 그 시간을 용서와 이해로 삭히며 함께 시간을 보낸 당신을 존경합니다. 살면서 실수 안 하고 사는 사람이 어디 있겠냐마는 과거 내가 저지른 몇 번의 큰 실수는 당신의 마음에 깊은 상처를 주었을 것입니다. 다시 한 번 고개 숙여 사과를 드립니다.

다들 두고 쓰는 말처럼 산 사람은 살아야겠지요.
다만 당신이 슬피 울 때 그 곁에 있어줄 수 없다는 것이 가슴 아픕니다. 가끔 우리가 행복했던 시절을 옅은 미소와 함께 기억하며 부디 사랑하는 아이들과 당신의 남은 삶에 행복과 사랑과 축복이 가득하기를 바랍니다. 나 먼저 하늘로 돌아가 사랑하는 우리 가족을 늘 지키리다. 만약 당신이 허락한다면 다시 태어나 이번 생에 당신께 못다 한 사랑을 더 많이 베풀며 아낌없이 사랑하도록 하겠습니다. 평소 내가 좋아했던 가수 조항조 님의 〈고맙소〉라는 노래의 가사 일부를 끝으로 편지를 마무리할까 합니다.

당신을 만나 한 평생 진정으로 행복했습니다. 남은 인생 부디
아이들과 행복한 시간을 만들어 가시길 바랍니다. 가슴깊이
사랑합니다. 그리고 너무 고마웠습니다.

고맙소

조항조

술 취한 그날 밤 손등에 눈물을 떨굴 때

내 손을 감싸며 괜찮아 울어준 사람

세상이 등져도 나라서 함께할 거라고

등 뒤에 번지던 눈물이 참 뜨거웠소.

이 나이 되어서 그래도 당신을 만나서

고맙소. 고맙소. 늘 사랑하오.

33

먼저 세상을 떠나는 부인에게
남편이 보내는 편지

지나온 삶에 후회만 가득한 남편의 편지

사랑하는 여보.

지금 이 순간 나는 당신이 무척이나 원망스럽습니다. 나 혼자 어찌 살라고 이리도 허망하게 먼저 세상을 떠난단 말입니까. 홀로 남은 삶의 무게를 어찌 감당하라는 것인가요? 이리도 냉정하게 나를 남겨두고 떠나는 당신이 야속하기 그지없습니다. 당신이 떠난 그 빈자리를 무엇으로 채워야 할지 모르겠습니다. 혼자 감당하기가 힘듭니다. 아직도 당신의 온기가 남아 있는 집안 곳곳의 물건들과 당신과 함께 거닐었던 거리를 이제는 어찌 마주해야 할지 모르겠네요. 그저 바라만 보아도 좋았던 것인지 서로를 지긋이 바라보며 눈웃음을 짓던 모습이 지금도 생생히 기억납니다.

한날한시에 죽자던 그 맹세는 어찌하고 혼자서 이렇게 먼저 떠나시는 당신이 야속하기만 합니다.

우리가 부부의 연을 맺어 함께해온 지난날들이 마치 주마등처럼 스쳐 지나갑니다. 돌이켜보면 당신 같은 사람도 없습니다. 군대를 제대한 후 처음 만난 당신은 꽃처럼 예뻤고 늘 밝고 상냥한 사람이었습니다. 당신이 먼저 손을 내밀어주지 않았다면 당신과의 연이 닿지 않았겠지요. 먼저 손을 내밀어준 당신이 참 고맙습니다. 우리가 다시 만나는 순간에는 내가 먼저 당신께 손을 내밀겠습니다. 고맙습니다. 세상에 당신 같은 사람 또 없습니다.

우리 사랑의 결실인 아이들을 낳아 기르며 행복했고 또 행복했습니다. '무자식이 상팔자'라는 말이 무색하게도 당신과 아이들과 함께하는 시간 속에서 나는 세상의 모든 기쁨과 행복을 누릴 수 있었습니다. 마음 같아서는 자식을 다섯 정도 낳아서 기르고 싶었지만 몸이 약한 당신이 둘만 낳아준 것만으로도 무척이나 고맙습니다. 당신은 현모양처賢母良妻의 표본과도 같았습니다. 어진 어머니이면서 착한 아내로 나와 함께해 준 지나온 시간이 무척이나 고맙습니다. 당신과 함께한 결혼생활은 오로지 당신의 헌신獻身과 인내忍耐로 만들어진 것이었습니다. 고맙습니다. 세상에 당신 같은 사람 또 없습니다.

"인생에 늦은 때란 없다."는 말을 증명이라도 하듯 마흔 중반을 넘은 나이에 공부를 해서 국가고시를 패스하고 당신의 꿈을 이루고자 노력하는 모습을 보며 많이 배웠고 또 많이 존경스러웠습니다. 아이들도 엄마의 그런 모습을 보며 많이 배우고 느꼈을 것입니다. 실천하는 당신의 삶 속에서 우리 가족이 많이 성장할 수 있었습니다. "자식은 부모의 그림자를 보고 자란다."는 말처럼 당신의 그림자를 보며 아이들이 많이 자랐을 거라 생각됩니다. 실천하고 노력하는 삶을 살아온 당신께 다시 한 번 경의敬意를 표합니다. 세상에 당신 같은 사람 또 없습니다.

항상 본인보다 나를 더 생각해주는 당신에게 늘 미안했고 한편으론 또 고마웠습니다. 덕을 보려 하지 않고 덕을 주며 살아가자는 말을 실천하는 당신이 고마웠습니다. 남의 집 귀한 딸을 데리고 와 호강 한 번 시켜주지 못하고 한평생 고생만 한 당신께 늘 미안했습니다. 당신이 나에게 준 사랑을 그 무엇으로 다 보답할 수 있을까요. 남겨진 자의 외로움과 슬픔을 오롯이 감당하고, 당신이 나에게 준 큰 사랑을 되새기며 남은 세월을 꿋꿋이 살아가겠습니다. 하늘로 돌아가 먼저 기다리고 있으면 이 찬란한 세상의 남은 인생을 아이들과 행복하게 마저 살다가 당신을 만나러 가겠습니다. 세상에 당신 같은 사람 또 없습니다. 진정 고맙습니다. 사랑합니다.

죽음 그 이후

죽어도 살고 싶은 우리를 위해 들려주는 담백하고 직설적인 죽음에 대한 고찰

한동안 '죽음'에 심취해 있었다. "우리가 죽음을 통해 배우는 것은 죽음이 아니라 삶"이라는 톨스토이의 말처럼 죽음을 통해 배울 수 있는 삶의 고귀함이 있다. 죽음을 알면 삶이 보이기 때문이다. 죽기 위해 죽음에 심취한 것이 아니라 어쩌면 보다 더 나은 삶을 살아가기 위한 하나의 방편方便이었는지도 모르겠다. 죽어보지 않고 죽음을 어찌 알겠냐마는 인간은 상상하는 동물이 아니던가. 한 달간 눈앞에서 일어나는 수많은 죽음을 매일 바라보며 사색을 하는 것만으로 죽음에 관해 이야기한다는 것이 한편으로는 가벼울 수도 있다. 하지만 인생에서 한 달이라는 시간동안 죽음과 매일 만나는 경우가 그리 흔하지는 않을 것이다. 세상에 '가벼운 죽음'은 없다.

세상을 살아가다보면 이쪽이 쉬운 길인지 알면서도 그것을 선택하지 않고 유독 어려운 길로 가는 경우가 있다. 굳이 쉬운 길을 놔두고 어려운 길을 갈 필요가 있을까? 그래도 가야 할 때가 있다. 쉬운 것은 체하기 마련이다. 세상에 공짜 점심은 없다. 세상은 온갖 유혹 투성이다. 당장 쉽게 보인다고 해서 그 길을 가서는 안 된다. 한 번 더 의심하고 길게 보는 안목이 필요하다. 매일 쉽게만 살아도 상관없지만 보다 더 나은 삶을 살기 위해서는 삶에 대한 치열한 공부가 끊임없이 필요하다. 그냥 가볍게 하는 공부가 아니라 삶과 죽음에 대해 진지한 공부를 해볼 필요가 있다.

임종체험이나 유서를 써보는 것만으로도 삶과 죽음에 관해 간접 경험을 해보는 계기가 될 수 있다. 한번쯤 나의 임종을 떠올리며 유서를 써보는 것이 좋겠다. 사랑하는 이의 마지막을 떠올리며 편지를 써보는 것도 좋다. 삶이 너무 진지하거나 무겁기만 해서는 안 되지만 너무 가볍기만 해서도 안 된다. 삶을 대하는 나의 태도를 한 번쯤 지나치게 무겁게 만들어 볼 필요가 있다. 어깨를 짓누르는 듯 육중한 삶의 무게를 느끼며 내 남은 삶에 대해서 한 번 진지하게 생각하는 시간을 가져보는 것은 어떨까? 그렇다고 해서 너무 염세적厭世的인 사고思考를 가질 필요는 없다. 무거운 삶의 무게를 한 번 느껴보았다면 가끔은 모든 것을 내려놓고 홀가분한 삶의 여유를 즐길 필요도 있다.

인도 바라나시 갠지스 강의 '버닝 가트Burning ghat'에서는 매일같이 수많은 시신을 태운다. '버닝'은 '불탄다'는 뜻이고 '가트'는 '강기슭에

Claude-Emile Schuffenecker, *Julien Leclercq and his wife*

죽음을 통해 배울 수 있는 삶의 고귀함이 있다.
죽음을 알면 삶이 보이기 때문이다.
죽기 위해 죽음에 심취한 것이 아니라
어쩌면 보다 더 나은 삶을 살아가기 위한
하나의 방편이었는지도 모르겠다.
삶이 의미 있는 것은 '유한'하기 때문이다.

있는 계단'이라는 뜻이니, 버닝가트는 '강기슭에 있는 불타는 계단' 정도가 되지 않을까. 그곳에서의 아침을 깨우는 소리는 늘 똑같다. 상여꾼들이 시신을 메고 지나가며 "람람사떼헤Ram Nam Satya Hai:신은 진리이다. 신만이 알고 있다. 람람사떼헤"라고 외친다. 아침마다 시신을 메고 지나가는 상여꾼들의 목소리가 바로 이 골목을 깨우는 음악이다. 매일 아침 그 소리를 듣고 잠에서 깬다. 나갈 채비를 마치고 여느 때와 다름없이 화장터로 향한다. 한손에는 맥주 몇 캔이 담긴 얇디얇은 비닐봉지가 들려 있다. 나는 매일 똑같은 루틴을 반복한다. 새벽같이 화장터로 나가 화장터가 잘 보이는 근처에 자리를 잡고 앉는다. 아직 첫 화장火葬을 시작하기 전임에도 불구하고 그곳에는 항상 매캐한 냄새가 배어 있다. 아마도 전날 타고남은 시신의 잔해가 밤새 장작불에 쪼그라들며 타버린 것이리라. 들고 간 맥주 한 캔을 딴다. 그곳의 적막함을 깨는 듯 "치이익~"소리를 내며 따진 맥주 캔을 들고 있는 나를 그곳의 사람들이 힐끔거리며 쳐다본다. 새벽부터 무슨 술을 마시냐며 미친놈 쳐다보듯 하는 그들의 눈을 의식하며 맥주를 홀짝인다. 머리와 수염을 잔뜩 기르고 멍한 눈으로 새벽부터 술을 마시는 모습이 그들의 눈에는 미친 이방인으로 보일 만도 하다. 잠시 후 오늘의 첫 시신이 '우물 정井' 자로 켜켜이 쌓인 장작 위로 조심스레 올라간다. 주위에서 통곡을 하며 눈물을 흘리는 여인들의 모습이 눈에 들어온다. 아이들은 무슨 일이 일어난 건지도 모른 채 웃으며 뛰어다닌다. 대부분의 남자들은 그 모습을 담담하게 바라보며 곁을 지킨다. 타닥 타닥 타들어가기 시작하던 장작은 이내 시체를 집어삼킬 듯 맹렬하게 타오른다. 시체를 태우는 이들은 기다란 대나무 막대기로 무심하게 시체를 탁탁 내려친다. 가장 약한 곳인 무릎과 팔꿈치가 먼저 떨어져 나가며 "치직" 하고 소리를 낸다. 잠시 후 "뻥" 하는 소리가 나며 배가 터진다. 그리곤 이내 내장이 흘러나온다. 여인들의 곡소리는 더해간다. 내장은 수분이 많아서인지 "치지직" 하는 소리가 더하다. 시체를 태우는 이들은 그것이 흩어지지 않도록 한 곳으로 분주하게 모은다. 살아생전 죄를 많이 지은 사람일수록 배가 터질 때 나는 소리가 크다고 하니 그 소리를 듣고 고인의 살아생전 죄를 판가름 해봄직하다. 곧이어 대나무 막대기로 머리를 탁탁 때린다. 인간의 신체 중 가장 딱딱한 두개골은 스스로의 파괴를 쉽게 허락하지 않는다. 잠시 버티는 듯하더니 이윽고 뇌수腦髓가 흘러나온다. 그가 한 평생 살아온 인생의 흔적이 산산이 부서지고 있다. 일생一生의 경험과 생각, 그리고 기억이 모두 증발하는 순간이다. 시체를 태우는 이는 막대기를 이용해 타다 남은 흔적을 주섬주섬 주워 모은다. 여인들도 이제는 체념한 듯 멍하니 그 모습을 바라만 보고 있다. 한동안 타버린 시체는 이제 한 움큼의 덩어리로 남아있다. 그리고 남은 그것은 곧 강으로 던져진다. 시바신의 머리카락을 타고 내려오는 성스러운 물줄기이자 어머니의 강인 갠지스로 돌아간다. 윤회輪廻의 굴레를 벗어나지 못한 한 인간이 또 다시 좋은 그 무언가로 선택받아 다시 태어나기를 다 함께 기도하며 그의 이번 생은 그렇게 마무리된다. 그가 살아온 인생에 비해 하늘로 돌아가는 그의 시간은 턱없이 짧다. 짧은 순간 사랑하는 이들과의 이별이 이루어진다. 모든 것이 마무리되고 가족들은 왔던 길로 다시 힘없이 터덜터덜 되돌아간다. 그들의 뒷모습을 애처롭게 바라보며 마음속으로 읊조린다. "람람사떼헤, 람람사떼헤, 신은 진리다. 신만이 모든 것을 알고 있다. 부디 좋은 곳으로 가시길……." 다시 두 번째 시신이 장작 위로 올라간다.

그 시절 삶과 죽음에 관해 지독하게 생각하고 고민했던 탓일까? 항상 삶과 죽음의 경계에 서 있는 인간의 삶에 대해 꾸준히 생각하는 습관이 생겼다. 하지만 어떻게 살아야 잘 사는 것인지, 어떻게 죽어야 잘 죽는 것인지에 대해서는 아직까지 미완未完의 숙제로 남아 있다. 삶과 죽음에 관한 정답이 있을까? 정답은 '잘' 살아야 한다는 것이고, '잘' 죽어야 한다는 것이다. 그 '잘'에 대해 스스로가 고찰考察을 해볼 필요가 있다. '잘' 한다는 것이 참으로 어렵다. 하지만 '잘' 한번 사색에 빠져들어 본다면 그대의 삶에 뜻하지 않은 선물이 될 수도 있으니 '잘' 한번 생각해보길 권유한다. 〈죽음에 관하여〉라는 웹툰이 있으니 한번 일독一讀해보길 권하는 바이다. 스스로 발견하는 정답만큼 값진 것도 없으니 말이다.

우리나라 사람들은 유독 죽는다는 말을 많이 한다. 배고파 죽겠다. 힘들어 죽겠다. 더워 죽겠다. 보고 싶어 죽겠다. 죽는다는 말의 이면裏面에는 '죽어도 살고 싶다'는 잠재심리가 내포內包되어 있는지도 모르겠다. 살까Buy 말까 할 때는 사지 말고, 할까Do 말까 할 때는 하는 것이 좋다. 살까生:Live 말까 할 때는 무조건 살아야 한다. 굴곡 없는 인생이 없듯 평탄하기만 한 인생도 별 재미는 없을 것이니 하루하루 살아내다 보면 곧 내일의 태양이 떠오를 것이다.

삶이 의미 있는 것은 '유한'하기 때문이다. 삶이 '무한'하다면 나의 일상이 특별하고 소중하게 다가오기 힘들 것이다. 매일 밤 잠이 들며 '하루를 마감'하는 것이 아니라 '생을 마감'한다는 생각으로 잠자리에 들어보자. 다음 날 눈을 뜨면 '잠자리에서 일어난 것'이 아니라 '다시 태어난다.'는 생각으로 하루를 시작해 보자. 어찌 우리의 하루하루가 소중하고 값지지 않을 수 있겠나. 나는 바라건대 당신의 이번 생生이 밤하늘의 별처럼 찬란히 빛나기를 진심으로 희망한다. 부디 품격 있는 부부의 시간을 통해 후회 없는 이번 생을 '잘' 살아내기를 바라는 바이다. 카페의 야외 테라스에서 죽음에 관한 글을 쓰다 보니 정말이지 추워 죽겠다.

겁내지 마라, 아무것도 시작하지 않았다.
기죽지 마라, 끝날 것은 아무것도 없다.
걱정하지 마라, 아무에게도 뒤처지지 않았다.
조급해하지 마라, 이제부터가 시작이다.

울지 마라, 너는 아직 이르다.

– 에드워드 불워 리턴Edward Bulwer Lytton

'품격品格'이라는 말이 가지는 힘이 있다. 사람 된 바탕과 타고난 성품을 품격이라고 한다. 사물 따위에서 느껴지는 '품위'를 일컫는 말이기도 하다. 그럼 '품위品位'는 무엇인가?' '사람이 갖추어야 할 위엄이나 기품' 또는 '고상하고 격이 높은 인상'을 말한다. 기품, 체통, 교양과도 비슷한 말이다. 털에 윤기가 반지르르 나고, 갈기가 길게 찰랑거리며 고개를 꼿꼿이 세우고 멋지게 걸어가는 명마名馬를 보고 '기품이 넘친다'고 한다. 멋있게 나이든 근엄한 노신사를 보면 '체통이 넘친다'고 한다. 상대를 배려하며 부드럽게 말하고 지식과 지혜를 겸비한 중년의 여성을 보며 '교양이 넘친다'고 한다.

다들 품격 있는 삶을 살고 싶을 것이다. 하지만 알다시피 그 품격이라는 것은 그냥 오는 것이 아니다. 노력 없는 기쁨은 없다고 했듯이 노력 없는 품격 또한 없다. 세상에 쉽게 만난 인연이 어디 있겠는가. 어렵게 만나 부부의 연을 맺고 사는 우리는 품격 있는 결혼 생활을 해 나갈 필요가 있다. 상대의 노력을 먼저 바라기보다 내 노력을 우선시하고 배려를 통한 결혼생활을 해나간다면 분명 품격 있는 결혼생활을 해나갈 수 있을 것이다.

책 속에 다양한 에피소드와 인문학적 소양素養을 녹여놓았다. 이 모두를 실천하기는 힘들겠지만 내가 할 수 있는 몇 가지만 실천해본다면 분명 지금보다 더 나은 결혼생활을 해나갈 수 있을 것이다. 아니, 보다 더 나은 삶을 살아나갈 수 있을 것이다. 책 속에 담은 내용을 직접 쓴 저자이기는 하나 나 또한 모든 것을 완벽하게 실천하며 살기는 힘들다. 때로는 실수도 하고 때로는 후회를 하며 자괴감에 빠지기도 하고 스스로를 질책하곤 한다. 나 역시도 아직은 수양修養이 많이 부족한 사람이라 최대한 좋은 방향으로 실천하며 살아가려고 무던히 노력하고 있다. 저자가 모든 것을 다 알고, 모든 것을 다 실천하기 때문에 책에 담은 것이 아니라 오늘보다는 조금 더 나은 내일을 위해 우리 함께 노력하며 살아가자는 의도로 쓴 글이니 부디 오해 없기를 바란다. 사람 사는 것이 다 비슷비슷한 법이다.

〈고부간의 대화〉를 쓸 때 친하게 지내는 작가님께 내용을 보여드렸더니 좋은 내용이긴 하지만 모든 고부관계가 그렇게 좋은 것은 아니니 고부갈등이 있었던 내용도 추가를 하면 어떤지 나에게 의견을 전했다. 하지만 어머니와 아내에게 물어보니 갈등이 있었던 적이 없어서 내용을 추가하지 못했다. 실제 있었던 일과 내가 바라는 점을 쓰는 것은 무리가 없으나 없는 사실을 마치 사실인 것처럼 책에 쓰는 것은 독자에 대한 기만欺瞞인 것 같아서 따로 내용 추가를 하지 않았다. 고부관계가 우리 집보다 더 좋은 집도 있을 것이고 그렇지 않은 집도 있을 것이다. 우리 집의 기준에 맞추라는 것이 아니라 '이렇게 사는 집도 있구나'라는 너그러운 마음으로 읽어주었으면 하는 바람이다.

〈각방 쓰는 부부〉에 대해서도 이견이 많을 것으로 안다. 부부는 꼭 함께 방을 써야 한다는 주위의 이야기를 많이 들었다. 누군가의 기준에 맞춰 살아가기 보다는 나만의 방법을 찾아서 보다 현명하게 살아나가는 지혜가 필요하다. 살아가며 좋은 것은 조금씩 더하고 나쁜 것은 하나씩 없앨 필요가 있다. 우리 부부는 무슨 일이 있어도 각방을 쓰지 않는 것을 원칙으로 삼았다면 그렇게 하는 것이 좋다. 옛말에 "남이 장에 간다고 하니 거름지고 따라 나선다"는 말이 있다. 자기 주관 없이 남들이 한다고 그것이 좋아 보여서 이유도 목적도 없이 무조건 따라한다는 말이다. 세상의 좋은 말들을 다 따라하고 모두 실천하며 산다면 우리는 머지않아 선인仙人의 반열에 오를 것이다. 하지만 현실적으로 그렇게 하기가 힘든 것이 사실이니 적당히 받아들이고 적당히 실천하며 살면 좋겠다. 모든 것을 다 지키고 원리원칙대로 교과서 같은 삶을 살아간다면 너무 피곤하지 않겠나. 적당히 타협하고 적당히 실천하며 나에게 맞는 생활방식을 고수固守할 필요가 있다.

〈먼저 세상을 떠나는 남편이 부인에게 남기는 편지〉와 〈먼저 세상을 떠나는 부인에게 남편이 보내는 편지〉를 쓰면서 우리 부부관계에 대해 더 깊은 생각을 할 수 있었다. 그 목차를 쓰면서 더 잘해주지 못했다는 '후회'와 '아쉬움'이라는 단어가 계속 뇌리腦裏를 맴돌았다. 그리고 절친한 지인들에게 제안을 했다. 내가 지금 이런 상황이라고 가정하고 편지를 한 번 써보면 어떻겠냐고…… 시간을 내어서 편지를 써보며 부부의 소중함을 다시 한 번 되새겨보기를 권했다. 이 주제로 글을 써보니 지금 내 아내에게 어떻게 대해야 할지 더 애틋하게 와 닿았다. 생각만 하는 것과 실천하는 것은 천지차이고 그로 인해 달라지는 내 생활을 발견할 수 있었다. 가치가 있고 중요한 것은 시간이 날 때 하지 말고 시간을 내어서 한번 시도해보면 좋겠다.

부부관계에서 내가 먼저 노력해야 하는 것이 맞지만 세상 무엇이든 일방적인 것은 없다. 혼자서만 계속 노력을 한다면 밑빠진 독에 물붓기가 되어 결국은 지치고 포기하게 될 것이다. 결국 서로가 함께 노력하는 것이 중요하다.

부디 《부부의 품격》이 여러분의 삶속에 녹아들어 품격 있는 결혼 생활의 좋은 지침서가 되기를 바란다. 대한민국 모든 부부를 응원하며 품격 있는 부부로 살아가기를 바라는 바이다. 천생연분과 함께하는 삶 속에서 깊은 사랑과 함께 인생의 행복이 늘 그대와 함께하기를 바란다.

《부부의 품격》 저자 박석현 드림.